LE DERNIER VOL

LE DERNIER VOL

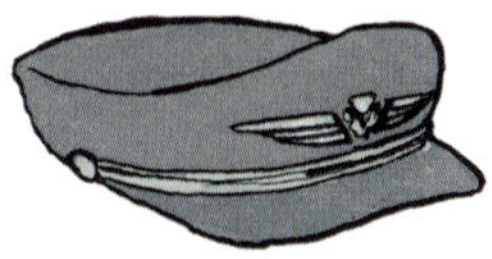

Scénario
Lorenzo Coltellacci
Dessin et couleur
Davide Aurilia
Traduction de l'italien
Marie Giudicelli

STEINKIS

« Forse domani morirò, magari prima di quel tedesco,
ma tutte le cose che farò prima di morire e la mia
morte stessa saranno pezzetti di storia [...] »
Italo Calvino, *Il sentiero dei nidi di ragno*

« Where will it end? Where will it end? »
Joy Division, *Day of the Lords*

FSS SSH
LISTA DE
PRECÍOS LAVANDERIA
LAVADO 5
PLANCHAR 4
PLEGAR 4
SECAR 6
LAVADO EN SECO 6

ESPAÑA
PASAPORTE
AIRLINES
Ah non,
c'est pas le moment.
Je me demande où...
OK, c'est bon,
j'arrive !

Qu'est-ce qu'il y a ?
« Bonjour maman, comment vas-tu ? Quel plaisir de t'entendre ! »
Tu sais bien que je suis en train de finir les valises ! Pourquoi tu m'appelles maintenant ?
Si tu ne t'y prenais pas toujours au dernier moment...
Ah, ne commence pas.
Bon, tu as raison. Excuse-moi.
Tu es stressée pour demain, hein ?
À ton avis ?
Je sais bien, ma chérie.
Mais je suis contente de t'entendre.

Moi aussi, vraiment. Justement, je t'appelais pour te dire de ne pas t'inquiéter. Je suis allée chez cette amie qui...
Pas celle qui lit les cartes, au moins ?!
Non, pas les cartes. Le marc de café.
Ah oui, ça change tout.
Je sais que tu n'y crois pas, mais... j'avais besoin d'être rassurée. Et je suis plus tranquille maintenant. Elle m'a dit que ce voyage aurait une issue positive.
Tant qu'elle y était, elle t'aurait pas donné un numéro gagnant du Loto ?
Non, ça c'est mon autre amie.
Ah ah ! Un à zéro pour toi... Tu as réussi à me faire rire.
Et Luz, comment elle va ? Tu lui as dit quoi ?

Elle va bien. Là, elle dort. Je lui ai dit… pas grand-chose. Je ne savais pas comment lui expliquer. Elle sait… Elle sait juste qu'on part en voyage.
Elle est surexcitée à l'idée de prendre l'avion !
Quel dommage qu'on ne fasse plus ça aujourd'hui…
Quoi, ça ?
Quand j'étais petite, le commandant de bord venait serrer la main des enfants qui prenaient l'avion pour la première fois et il leur remettait un pin's et une attestation. Mais maintenant, avec les vols low cost, ça ne se fait plus…
Tu vois, à force de vouloir faire des économies…
MAMAN
Attends, je te mets sur haut-parleur.
MAMAN
Tu m'entends bien ?
Oui, c'est bon.
Et… elle ne t'a posé aucune question sur son père ?

... Tu es toujours là ?
Oui, oui, je suis là...
Elle m'a demandé s'il viendrait nous chercher à notre arrivée. Je lui ai dit qu'on le verrait plus tard...
Mais je ne suis pas sûre d'être prête à l'affronter, maman, ni à voir la joie dans les yeux de Luz quand elle sera en face de lui.
Je sais que je suis injuste... C'est normal qu'elle demande après son père, mais quand j'y pense... Il ne la mérite pas.
J'ai l'air d'être jalouse de ce salaud, mais...
Non, tu n'es pas jalouse, mais toi, tu sais, et c'est difficile de faire comme si rien ne s'était passé. Par contre, Luz ne doit pas...
Bien sûr que non. Pas encore.

Je ne voudrais pas être comme lui, mais quand elle m'interroge sur son père et que je la vois heureuse à l'idée de le retrouver, je me demande si… C'est comme si elle me rendait responsable de son absence, et moi, je…
Putain ! Quelquefois je me dis même que j'aurais peut-être pas dû…
AH NON ! PAS ÇA !
MAMAN
Tu n'as aucun reproche à te faire ! Ne remets jamais en question la décision que tu as prise. Tu as eu raison, un point c'est tout. D'accord, ma chérie ?
Tu ne voulais quand même pas faire vivre à Luz ce que je t'ai fait subir ?

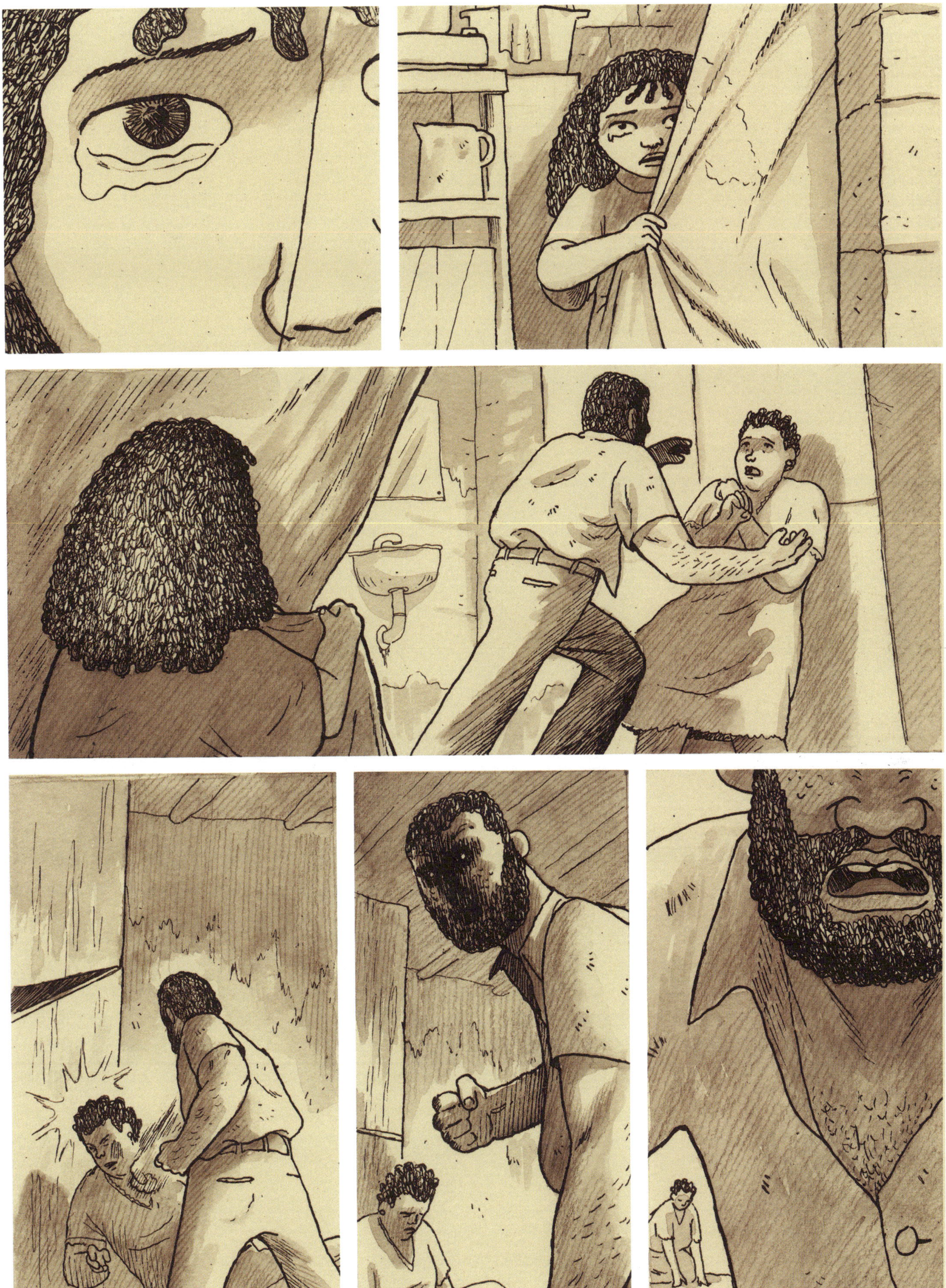

Si j'avais pu avoir la force que tu as eue...
Mais tu as été forte, maman ! Sans toi, je...
Moi, je n'ai jamais eu la force de dénoncer ou de chasser ton père, alors que toi...
Oui, mais si mon connard de père ne m'a jamais touchée, c'est seulement parce que tu étais là.
Juana, tu as eu le courage de dénoncer le père de ta fille dès qu'il a levé la main sur toi.

Tu aurais pu choisir d'encaisser sans te révolter, comme je l'ai fait…
Mais maman…
Je sais que ça n'a pas de sens de te demander ça maintenant, mais… pourquoi tu n'as jamais essayé de réagir ?
Quand j'étais petite, j'arrivais pas à comprendre… à un moment j'ai même pensé que… c'était presque normal, comme si tu…
Comme si je méritais les coups que me donnait ton père.

Sniff... Oh maman ! Je... je suis... sniff... tel-tellement désolée rien que d'avoir... p-pu penser ça...
Ne t'inquiète pas, tu as raison. En fait je... je ne sais pas pourquoi. Moi-même, je n'ai jamais cessé de me le demander. Je me suis dit que j'avais été faible ou que c'était à cause du manque d'argent. À l'époque, ça avait l'air norm...
MAMAN
Non, maman... sniff... Rien ne peut justifier ce qu'il t'a fait. En grandissant, j'ai fini par comprendre : tu m'as toujours protégée.
Tu m'as appris à me défendre contre le mal. Sans toi, je n'aurais jamais pu éviter tout ça à Luz.
MAMAN
... merci.
MAMAN

Grâce à toi, pendant quelques minutes, j'ai arrêté de me sentir coupable.
Ce n'est pas ta faute, maman, ça ne l'a jamais été.
Mais alors pourquoi, toi, tu te fais des reproches ?
D'accord, là, tu m'as eue.
Ah, moi j'y suis pour rien !
... C'est vrai ce qu'on dit, les mamans ont toujours raison.
Peut-être pas toujours, mais en général oui.
EH MERDE !
J'ai fait une tache de vin sur le canapé !
Qu'est-ce qui s'est passé ?

Aaaah, tant pis. Si c'était du vin rouge, de toute façon c'est trop tard... Et ne gratte pas avec ton doigt comme tu fais d'habitude, ça serait pire.
À quelle heure est votre avion ?
Demain matin, vers huit heures trente, il me semble.
C'est beau, Düsseldorf ? J'ai lu que la rue commerçante s'appelle Königsallee. Après avoir vu l'avocate, toi et Luz vous pourr...
Et si ça se passait mal chez l'avocate ? Imagine qu'il réussisse à obtenir la garde et que Luz aille vivre en Allemagne avec lui...
Ça n'arrivera pas, ne t'inquiète pas. Mon amie me l'a dit, tout se passera bien...
MAMAN
Et tu la crois ?
Je crois en toi.
D'accord. Bonne nuit, alors... Et merci...
Dis bonjour à Luz et embrasse-la pour moi. Fais de beaux rêves, ma chérie.

19
20
23
24
23
24

... pas encore.
Je vais la terminer
en rentrant.

Votre avion est à quelle heure ?
Demain matin, je crois. Je ne sais plus exactement l'horaire.
Et vous allez où ?
À Düsseldorf.
Ah oui, c'est vrai. Tu n'y es pas déjà allée ?
Si, on y retourne exprès...
Oh, on a fait cinq kilomètres.
On va jusqu'à six ?
OK ! C'est parti !

Ah, au fait, j'ai décidé de lui dire au retour.
De quoi ?
Que je le quitte.
Qui ça ? Qu'est-ce que tu racontes ?
Roberto. Je le quitte.
Pourquoi ?
Comment ça, pourquoi ?! Ça fait des mois que je te dis que ça ne va plus entre nous. On n'arrête pas de se disputer.
Ça, je sais ! Mais pourquoi tu veux attendre ? Si tu as déjà déci...
Canons, les filles !

Abrutis.
Bref... Pourquoi vous partez, alors ?
Parce que lui, il y croit encore... On a commencé à sortir ensemble à Düsseldorf, pendant un voyage de classe. Il dit qu'il veut tout reprendre à zéro à partir de là.
Pour lui, ce voyage, c'est comme un nouveau départ et... je crois que je n'ai pas envie de le décevoir.
Tu n'as pas envie de le décevoir, mais tu as décidé de le quitter quand vous rentrez ?
Je ne veux pas annuler le voyage et lui laisser croire qu'en retournant là-bas, les choses se seraient peut-être... arrangées...
Et puis, tu me connais, les ruptures, c'est pas mon fort. Je voudrais une fin tout en douceur. Une sorte d'adieu romantique.

Mais les adieux romantiques, ça n'existe pas !
Vous êtes ensemble depuis combien de temps ? Trois ans ?
Cinq.
Putain, cinq ans ? J'aurais dit moins... Tu crois qu'il va le prendre comment ? Surtout si tu le quittes après ce voyage...
Je sais que ça ne va pas être facile. Mais ça fait trop longtemps que c'est pourri entre nous. La passion du début, elle a disparu. En plus, je le sens distant...
Le truc, c'est qu'on est ensemble depuis toujours. Quand on a vingt ans, c'est normal de vouloir faire de nouvelles expériences... D'ailleurs, de son côté, il a reconnu que l'université l'a un peu déstabilisé...
Comment ça ?!
Quand je lui ai demandé si quelque chose n'allait pas, il m'a répondu qu'il n'avait plus les idées très claires. Mais pas sur nous. Au contraire, il me dit que je suis sa seule certitude.

Oui, bon, ce qui veut dire : « Je n'arrive pas à me l'avouer, mais entre nous c'est... terminé. »
Mais alors, pourquoi il a organisé ce voyage ?
Tu es sûre qu'il ne t'a pas trompée ?
QUOI ?! N-non...
Enfin, je crois pas. Les problèmes de couple, ça se résume pas à ça, quand même...
Pour moi, quand ça ne va plus, c'est toujours parce qu'il y a quelqu'un d'autre.
Surtout s'il dit qu'il n'a plus les idées claires et qu'il essaie d'arranger les choses avec ce voyage...
On fait la course jusqu'en haut de la pente ? Si j'arrive en premier, il ne m'a pas trompée. Si c'est toi...
Mais qu'est-ce que...

Putain... Anf anf... Depuis quand t'es rapide comme ça ?
Depuis que tu t'es embourgeoisée.
Va te faire foutre.
... Donc il m'a trompée ?
Mais non, c'était juste un jeu stupide. En plus, c'est toi qui as eu l'idée.
Et puis tu sais, je ne parlais pas sérieusement. Les gens se quittent pour plein d'autres raisons. Et si tu penses qu'il ne t'a pas trompée...
J'EN SAIS RIEN ! Je crois. Je croyais. Mais je croyais aussi le connaître, et vouloir être avec lui. Tu sais, tout va toujours tellement vite...
Quand tu quittes le lycée, tu découvres un monde nouveau. Lui, il s'est éloigné, on a eu moins de temps pour se voir. Et là, j'ai commencé à remarquer ce mec cool de la fac qui n'arrêtait pas de me regarder et...
Pourquoi c'est si compliqué de grandir ?!
Oh non, Ana chérie...

Chuut...
Ça va passer.
Sniff,
Sniff...

Alors, ça va mieux ?
Oui, oui, désolée. Je ne sais pas pourquoi j'ai réagi comme ça.
Peut-être que tu n'avais pas encore vraiment digéré ta décision de le quitter.
Peut-être... En fait, c'est l'idée qu'il pourrait y avoir quelqu'un d'autre, ça a fait monter en moi une espèce de jalousie. Je ne m'y attendais pas, mais...
Mais ?
Mais je suis bien décidée à le quitter.
OK. Donc Roberto égale « chapitre clos », après le voyage.
Mais au moins, profites-en, de ce voyage.
Et puis merde, t'as raison. Un dernier voyage.
Surtout parce que, même si les adieux romantiques n'existent pas, les meilleures, c'est quand même les dernières baises !

Mais tu es DIABOLIQUE ! Moi je suis au trente-sixième dessous, et toi tu penses à...
Je parie qu'après ce voyage, on va plutôt te retrouver au septième ciel...
Non, je peux pas le croire...
Mppff...
KKppff...
AH AH AH !
AH AH AH AH AH AH AH AH AH !

Aaahh...

Merci...
J'en avais besoin.
Et moi, j'ai besoin d'en savoir plus sur ce mec qui te regarde à l'université.
Je savais que tu laisserais pas passer ça comme ça ! OK, mais il faut qu'on rentre, il commence à faire nuit et on est en nage.
Tout ce que tu veux, tant que tu me donnes des détails.
Il a les yeux marron ou bleus ? Il est grand ? Plutôt intello ou sportif ?
Il a les yeux bleus, des yeux incroyables ! Il est plutôt grand, beau gosse et...
Et alors, tu attends quoi ?
De rentrer de voyage !
AH AH AH !

ROBERTO!

ROBERTO !
Oh, PEDRITO, qu'est-ce que tu fais ici ?
On va se boire une bière ?
Quoi ? Euh... je suis en train de faire ma valise.
Arrête, t'as bien quelques minutes. Tu la termineras après.
Après quand ? J'ai pas...
Allez, une bière express !
Ok, d'accord. J'arrive.
Pff... Pile au bon moment...

Salut, mec !
Hello ! Heureusement que je viens aux nouvelles. Sans ça, on se verrait jamais.
T'as raison... J'ai eu des problèmes avec la fac, plus d'autres soucis à gérer...
Mouais... Tu tiens pas en place, surtout...
Tu vas où, cette fois ?
À Düsseldorf.
Cool ! Allez, on se pose dans un bar et tu me racontes !
OK, mais juste cinq minutes, hein.
Mais oui !

Alors, quoi de neuf ? Tout le monde va bien chez toi ? Tes parents n'étaient pas là, hein ? J'espère que je me suis pas payé la honte !
Non, ils sont au boulot. J'étais tout seul... Et ton père ? Il devait se faire opérer, non ? Eh merde, je t'ai pas demandé de nouvelles.
T'inquiète. Il va bien. Il est pas près de mourir... Il pète la forme, même. Et toi, comment ça va à la fac ?
Ben, des fois je me dis : « Mais putain, j'étudie quoi, en fait ? » Je sais pas encore si ça me plaît ou pas. Et quand je me mets à penser à toutes ces années qui restent... T'as eu raison de commencer à bosser directement.
Tu sais, j'ai jamais été doué pour les études. Et puis, comme ça, je me fais un peu de sous.
La chance. Moi je suis tout le temps fauché...
Bon, mais tu vas à Düsseldorf. Tu pars quand ?
Tôt demain matin.
Pourquoi Düsseldorf, au fait ? Tu y vas avec Ana ?

Oui, oui. Düsseldorf, c'est un truc entre nous, un genre d'anniversaire. C'est là qu'on a commencé à sortir ensemble.
Ah, super. Et ça va mieux entre vous ?
Pas vraiment, non. En fait, je suis un peu inquiet.
Comment ça ?
Pour moi, ce voyage c'est une excuse pour repartir de zéro.
En retournant là où on s'est embrassés pour la première fois, je me dis qu'on se retrouvera peut-être et qu'on arrêtera de s'engueuler.
Mais pourquoi vous vous engueulez ? Ça a à voir avec... cette meuf ?
Quelle meuf ?
Tu sais bien, celle avec qui t'as baisé à la fête de Jul... Comment elle s'appelle déjà ?
Lara ? NON ! Qu'est-ce que tu crois ?! Ana ne sait absolument rien.

Ha ha ! T'auras eu une petite incartade...
Deux.
Quoi ?
Attends, j'ai pas compris. Deux fois avec Lara ou avec une autre ?
... avec Lara.
Mais c'est arrivé complètement par hasard. Il y a quelques semaines...
Vas-y, raconte ! Où ça ?!
Un soir, j'étais chez Ana, ses parents n'étaient pas là et on devait se faire un petit dîner romantique. Mais au lieu de ça, on a commencé à se friter sévèrement, au point qu'à un moment, j'ai décidé de me tirer.
Alors que je rentrais à pied, Lara a failli me renverser avec son scooter. Elle m'a raccompagné jusque chez moi. Mes parents n'étaient pas là, vu qu'ils étaient de garde, je me rappelle plus très bien comment ça s'est passé, mais...
Nonnnn ! T'as fait fort, là !!

Tu sais que c'est grave, quand même ?
Pourquoi ?
Parce que tu es un récidiviste. Et ça, c'est jamais bon signe. La première fois, c'est arrivé comme ça, d'accord, mais la deuxième...
C'était un peu différent ou je me trompe ?
Mais non, cette fois aussi ça s'est fait totalement par hasard. Lara avait été sympa, moi, je m'étais disputé avec Ana, et...
Tu vois ?! Tu cherches des excuses.
Parce que bon, sans rien enlever à Ana, Lara c'est un vrai canon, c'est normal que tu...
Mais elle ne me plaît pas ! Pas dans ce sens-là en tout cas. Je traverse juste une période difficile et...
Donc si tu avais les idées plus claires et que tu t'étais pas embrouillé avec Ana... t'aurais pas couché avec Lara ?
Ni la première ni la deuxième fois ?
Non... Non, je crois pas.

« Je crois pas »... Roberto, Lara te plaît, un point c'est tout. Mais il n'y a rien de mal à ça, au contraire. Je trouve même que tu as bien fait.
Mais puisque je te dis que c'était juste une histoire d'un soir...
De deux soirs.
Oui, deux. Mais la première fois, je ne m'en souviens même pas bien, vu qu'on était bourrés...
La deuxième, tu t'en souviens par contre.
Ah. Tu vois ?
De toute façon, la question est réglée. J'ai été très clair avec Lara.

Je lui ai dit qu'on en restait là, que c'était terminé. C'était une erreur, j'ai déjà une copine, on n'aurait jamais dû faire ça.
Je veux être avec Ana, et personne d'autre.
Je sais que ça a l'air d'une phrase toute faite, mais après la deuxième fois, j'ai compris que je voulais être avec elle et c'est tout.
Tu sais ce qu'on dit ? Jamais deux sans trois.
Arrête, Pedrito, je suis sérieux ! C'est vrai que la première fois je n'étais pas très fier, mais ça s'arrêtait là.
En fait, j'étais pas plus embêté que ça. Mais la deuxième...
Tu sais pas combien je m'en suis voulu. Et là, je m'en veux toujours. Je me sens comme une grosse merde, Ana ne méritait pas que...
Allez Roberto, t'as fait une connerie et tu regrettes, mais bientôt t'y penseras plus...
Mais non, au contraire ! Je suis en train de te dire que je culpabilise à fond...
Mmh-mh.

C'est pour ça, je veux vraiment que ce voyage soit réussi. Mais je suis inquiet, Ana a l'air distante.
J'arrive pas à comprendre s'il y a un problème ou si c'est juste une impression. Je sais que ça semble impossible, mais je voudrais que tout redevienne comme avant...
T'en es sûr ?
Oui. Je suis une merde, mais tout ça m'a au moins permis de me rendre compte que c'est Ana que je veux... On apprend de ses erreurs, non ?
Carrément.
Et après ça, t'as plus eu aucun contact avec Lara ?
Non. Je le jure.
Et tu es tout à fait sûr qu'il n'y a plus rien entre vous ?
Oui. Même Lara a dit que c'était mieux comme ça.
Alors tout est parfait. Arrête de culpabiliser, profite de ce voyage, et fais ce qu'il faut pour récupérer Ana. Tout ira bien à Düsseldorf, tu verras.
Y a intérêt, bordel !

Et puis franchement, qu'est-ce qu'on peut bien faire à Düsseldorf, à part rester dans sa chambre et baiser comme des lapins du matin au soir ?
AH AH AH !
Pedrito... merci. J'en avais besoin. Je me sens un peu mieux maintenant. Plus confiant...
Si tu disparaissais pas comme ça, on pourrait avoir ce genre de discussions plus souvent.
T'as raison. C'est ma faute.
On remet ça ?
Ouais, allez. Mais attends un peu, quelle heure il...

Putain de merde, déjà !! Tu m'as mis en retard.
Moi ?!
Non non, c'est pour moi... Pour la consultation.
Bon, et de ton côté, quoi de neuf ?
Hé hé, moi aussi j'aurais bien deux ou trois trucs à te raconter.
T'as rencontré une meuf ?
Ça se pourrait bien.
Et on peut en savoir plus ? Allez, fais pas le con, raconte !
Je te raconterai ça la prochaine fois. Comme ça on a une excuse pour se revoir bientôt. De toute façon, tu vas bien revenir, non ?
Ah ah ah. Non, non, va faire ta valise, ou tu vas encore dire que je te mets en retard.

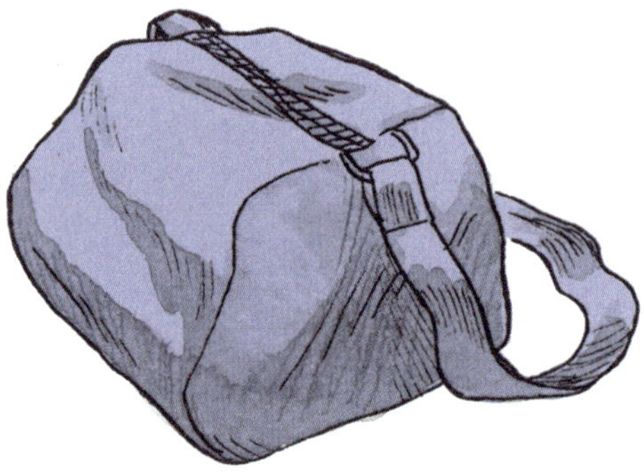

DECATHLON
mundo animal

Toc, toc.
Salut, Mark !
T'as fait
un peu de
shopping ?

Oh, *hola*, Miguel.
Oui, plus ou moins.
Tu vas quelque part ?
Ouais.
Je veux pas me mêler de tes affaires, mais j'ai vu ton nouveau sac et...
Pas de soucis, entre...
Tu m'aides à améliorer mon espagnol.
Mais tu parles déjà très bien !
Merci ! Par contre j'ai encore du mal à me repérer dans la ville.
C'est normal, moi aussi, et ça fait presque un an que je suis arrivé. Alors toi, après même pas trois mois...
Au fait, j'ai le même sac que toi. Si j'avais su, je t'aurais prêté le mien.
Merci... Bon, maintenant c'est fait. De toute façon, il aurait fallu que j'en achète un, j'ai que deux grosses valises de soute.

Tu vas faire un tour en Espagne ou t'as le mal du pays ?
Si c'est pas indiscret...
Je dois rentrer juste pour quelques jours. C'est l'anniversaire de mon père, il va avoir cinquante ans...
Ah, super ! Tu dois être content !
Ben...
Hé hé, je te comprends. À chaque fois que je dois rentrer chez mes parents, pour moi c'est la même chose : d'un côté je suis content, mais de l'autre...

Bref...
... Et comment vous fêtez ça en Allemagne ? Vous réunissez la famille et les voisins et ça fout le ramdam jusqu'au milieu de la nuit, comme on fait chez nous ? Ou en tout cas comme on fait chez moi. Je viens d'un village, au nord.
Ça a l'air fun...
Mais je crois qu'on ne fera rien de particulier.
OK, ben...
Attends-toi à ce que tes parents se jettent sur toi ! À chaque fois, on dirait que ça fait des années qu'on ne s'est pas vus. Genre mon père qui me harcèle de questions sur mes examens ou ma mère qui me demande toujours si je mange...
Ma mère n'est plus là.

Oh, je ne...
Je ne savais pas.
Excuse-moi.
Bon,
je vais te laisser
faire ton sac...
Encore désolé.
C'est pas
grave.
Bon
voyage.
Miguel...

Pardon, j'ai été nul. Tu voulais juste être gentil, et moi, je...
Mais non, t'inquiète. C'est moi, j'ai été envahissant et...
En fait, j'ai pas envie de rentrer.
Mhh...

Je ne veux pas être indiscret, mais... est-ce que tu veux me dire pourquoi ?
C'est compliqué... Bon, ma psy dit que ça peut aider d'en parler avec des inconnus. C'est pas que tu sois vraiment un inconnu mais...
T'en fais pas. J'ai compris.
Rien qu'à l'idée de rentrer et de revoir mon père, j'ai l'impression d'étouffer. Je croyais que venir faire mes études ici et recommencer à zéro suffirait pour me détacher de lui... Mais j'arrive pas à le faire sortir complètement de ma vie, ni à lui pardonner de...
Au cas où tu te demanderais, il ne m'a pas « touché » ou un truc de ce genre, hein.
Non, je...
Mais ma mère est morte à cause de lui.

Comment ça ?
Tu vois ce qu'ils disent dans les films ? « Ça a commencé comme une petite chose de rien du tout. »
Tu es tout seul à la maison ?
Salut, ma chérie. Tu as récupéré tes résultats d'analyses ?
Salut, toi. Oui...
Le médecin a remarqué quelques taux anormaux.
Quels taux ? Qu'est-ce qu'il a dit d'autre ?
Ce qu'on dit habituellement dans ces cas-là, je crois... Mais pour être sûr, il m'a prescrit des examens complémentaires.
On dîne ? Mark est rentré ?
Je ne sais toujours pas s'ils m'ont caché ce qui se passait ou si c'est moi qui n'ai rien vu... L'inquiétude de mon père, par exemple, et les rendez-vous de plus en plus fréquents chez le médecin...

… très étendu, je vous le confirme. Au stade 4, un sarcome de ce genre, avec des métast…
Combien de temps me reste-t-il ?
Étant donné les thérapies les plus récentes dont nous disposons…
Et sans aucune thérapie ?
Quoi ? De quoi on parle, là ?
Mais ce qui a tout fait basculer, c'est pas la maladie.

POURQUOI TU NE M'ÉCOUTES PAS ?
C'est toi, tu parles sans réfléchir ! Tu ne penses pas à nous. Tu es... tu es égoïste.
Tu as entendu les médecins, peut-être qu'avec ce traitement expérimental, tu pourrais...
Ne recommence pas, s'il te plaît. Je te l'ai déjà expliqué, je voudrais juste essayer de vivre sereinement le temps qui...
Tu seras sereine, nous le serons tous les deux. Mais il faut que tu te fasses soigner. Il le faut pour...
Comment ça, « il faut » ?! Et si je refusais ce traitement ?
Je ne veux pas passer les derniers mois de ma vie dans un lit d'hôpital.
Tu dois te faire une raison.
Eh bien, je ne suis pas sûr d'y arriver... Je t'en supplie, ne me fais pas ça...

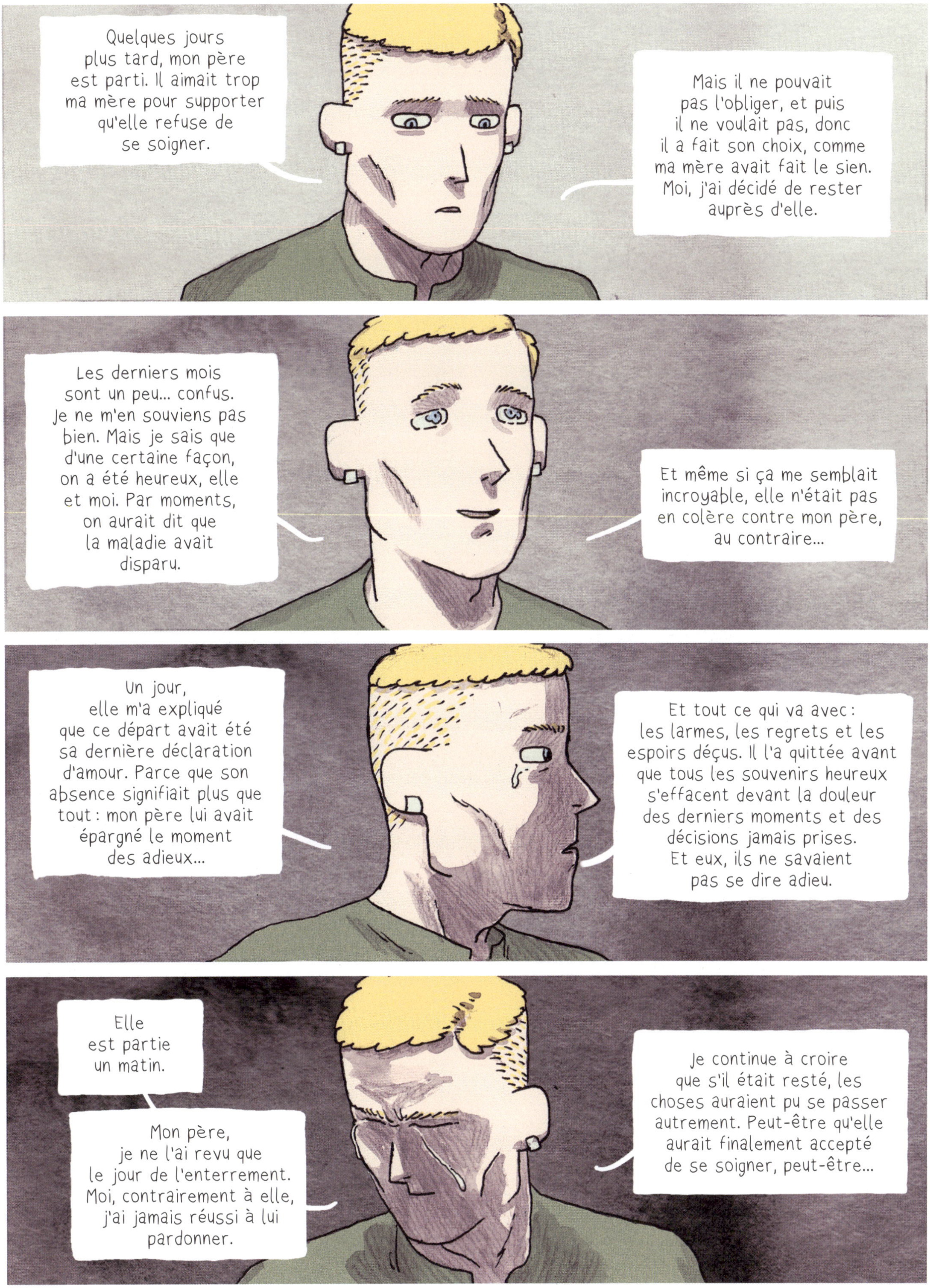
Quelques jours plus tard, mon père est parti. Il aimait trop ma mère pour supporter qu'elle refuse de se soigner.
Mais il ne pouvait pas l'obliger, et puis il ne voulait pas, donc il a fait son choix, comme ma mère avait fait le sien. Moi, j'ai décidé de rester auprès d'elle.
Les derniers mois sont un peu... confus. Je ne m'en souviens pas bien. Mais je sais que d'une certaine façon, on a été heureux, elle et moi. Par moments, on aurait dit que la maladie avait disparu.
Et même si ça me semblait incroyable, elle n'était pas en colère contre mon père, au contraire...
Un jour, elle m'a expliqué que ce départ avait été sa dernière déclaration d'amour. Parce que son absence signifiait plus que tout : mon père lui avait épargné le moment des adieux...
Et tout ce qui va avec : les larmes, les regrets et les espoirs déçus. Il l'a quittée avant que tous les souvenirs heureux s'effacent devant la douleur des derniers moments et des décisions jamais prises. Et eux, ils ne savaient pas se dire adieu.
Elle est partie un matin.
Mon père, je ne l'ai revu que le jour de l'enterrement. Moi, contrairement à elle, j'ai jamais réussi à lui pardonner.
Je continue à croire que s'il était resté, les choses auraient pu se passer autrement. Peut-être qu'elle aurait finalement accepté de se soigner, peut-être...

Je...
Je sais pas quoi dire.
Je suis désolé. Je n'arrive même pas à imaginer...
Mais... si je peux me permettre, arrête de ressasser tout ça. Personne n'est responsable de ce qui s'est passé.
Même pas ton père.
C'est toi qui l'as dit : il n'aurait rien pu faire d'autre pour elle. C'était à ta mère de prendre sa décision, et lui, à sa manière, il l'a respectée.
Mais il est parti ! Il nous a... il m'a laissé seul, alors que j'avais besoin...
Et maintenant, toi, tu voudrais le laisser seul... C'est ton père. Si tu faisais ça, tu agirais comme lui, alors que c'est justement pour ça que tu lui en veux, non ?
Je ne sais pas ce que je ferais à ta place... Mais j'essaierais de me demander ce que ma mère voudrait.

Merci...
Bon ben, on dirait qu'il faut que je termine mes bagages, alors...
Tout à fait. Pas le choix !
Ton avion est à quelle heure ?
Demain matin, un peu avant neuf heures, je crois.
Ah d'accord ! Bon, il faut que j'y aille, j'ai une fête Erasmus... Tu viendras à la prochaine j'espère !
Bien sûr... Encore merci.

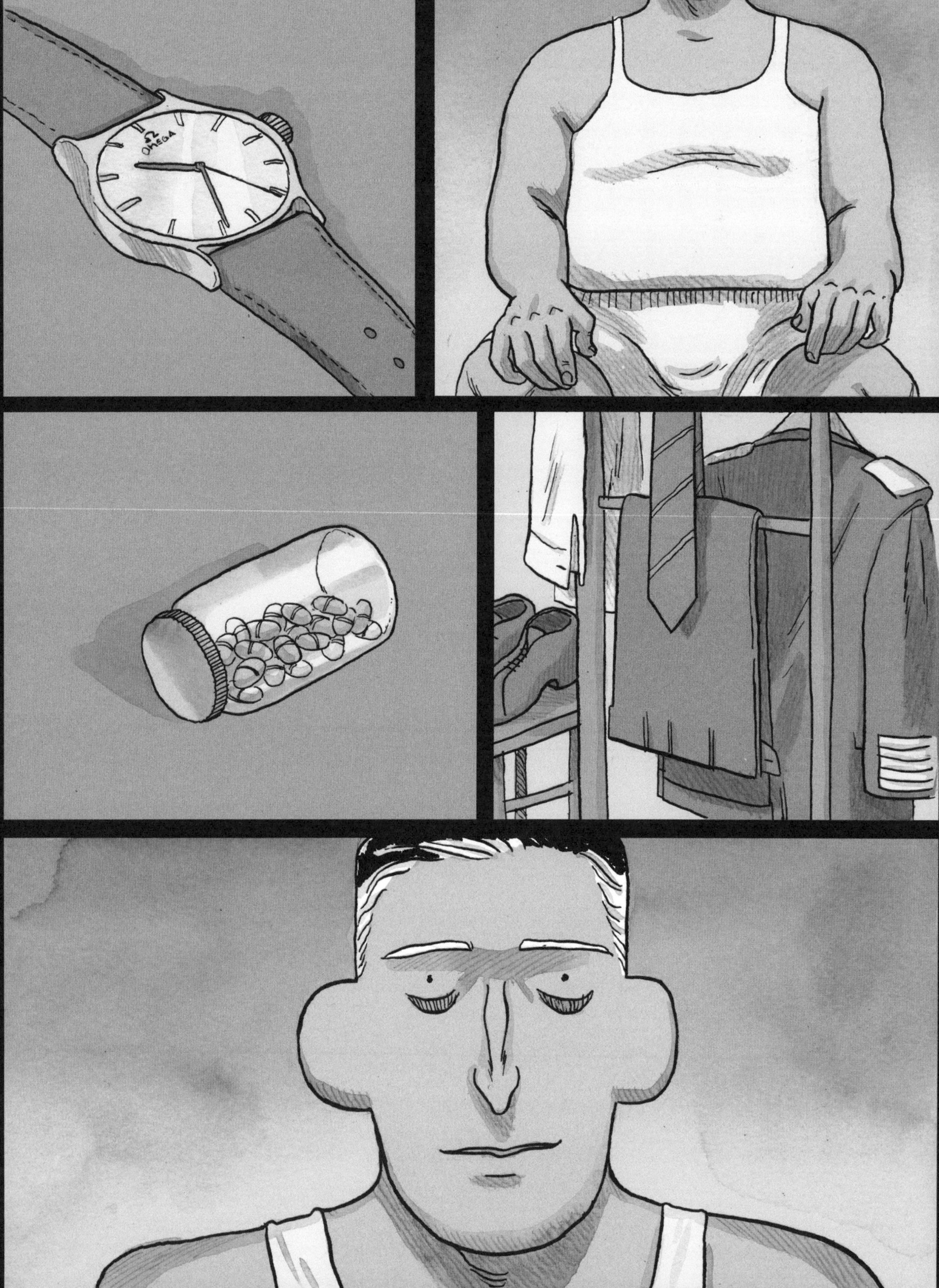
OMEGA

Jorson
OIL

J'arrive, mon cœur.
OUAF ! OUAF !
Ohhh, oui, toi aussi tu m'as trop manqué.
ARF ! ARF !
Non, ne me lèche pas, mon bébé, je suis trempée !

OUAF !
Voilà, ma puce, j'arrive.
Comment s'est passée ta journée ? Tu ne t'es pas ennuyée toute seule ? Toi, au moins, tu n'as pas affaire à ces incapables qui bossent avec moi. Aujourd'hui, un nouveau stagiaire de m...

J'arrive à la salle de sport.
19h15
Vas-y doucement. Il faut que tu sois en forme pour demain...
19h15
Pourquoi ? Qu'est-ce qui se passe demain ?
19h16
On est d'humeur taquine...
19h16
Ça va ? Tu fais ta valise ?
21h07
Pas encore, je vais d'abord prendre une douche...
21h12
Je voudrais tellement être là, avec toi... comme dans le jacuzzi, à Minorque.
21h12
Peut-être demain, si tu es sage...
21h12
Un petit aperçu ?
21h13
T'es trop sexy tout en sueur...
21h16
J'attends la suite...
21h16

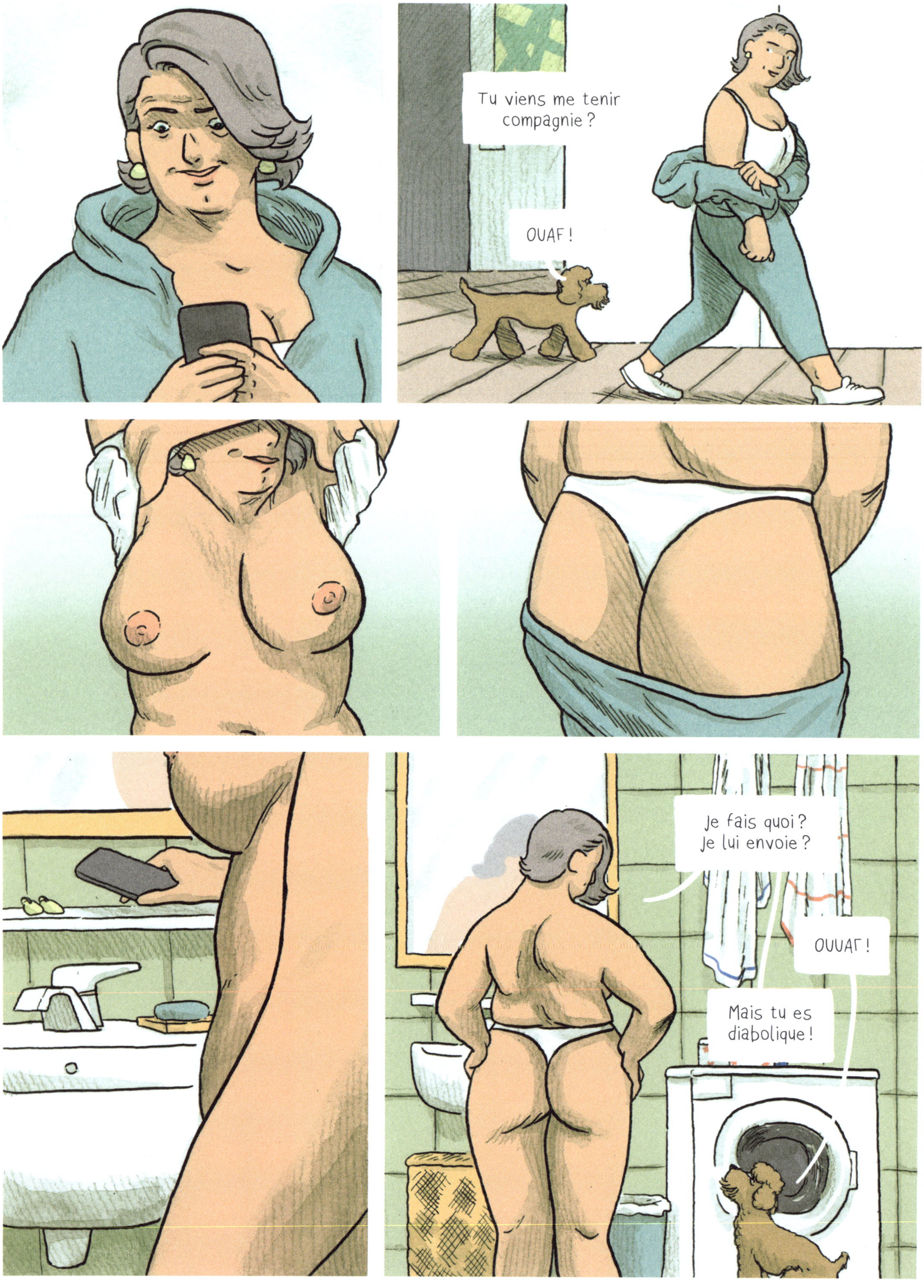
Tu viens me tenir compagnie ?
OUAF !
Je fais quoi ? Je lui envoie ?
OUUAF !
Mais tu es diabolique !

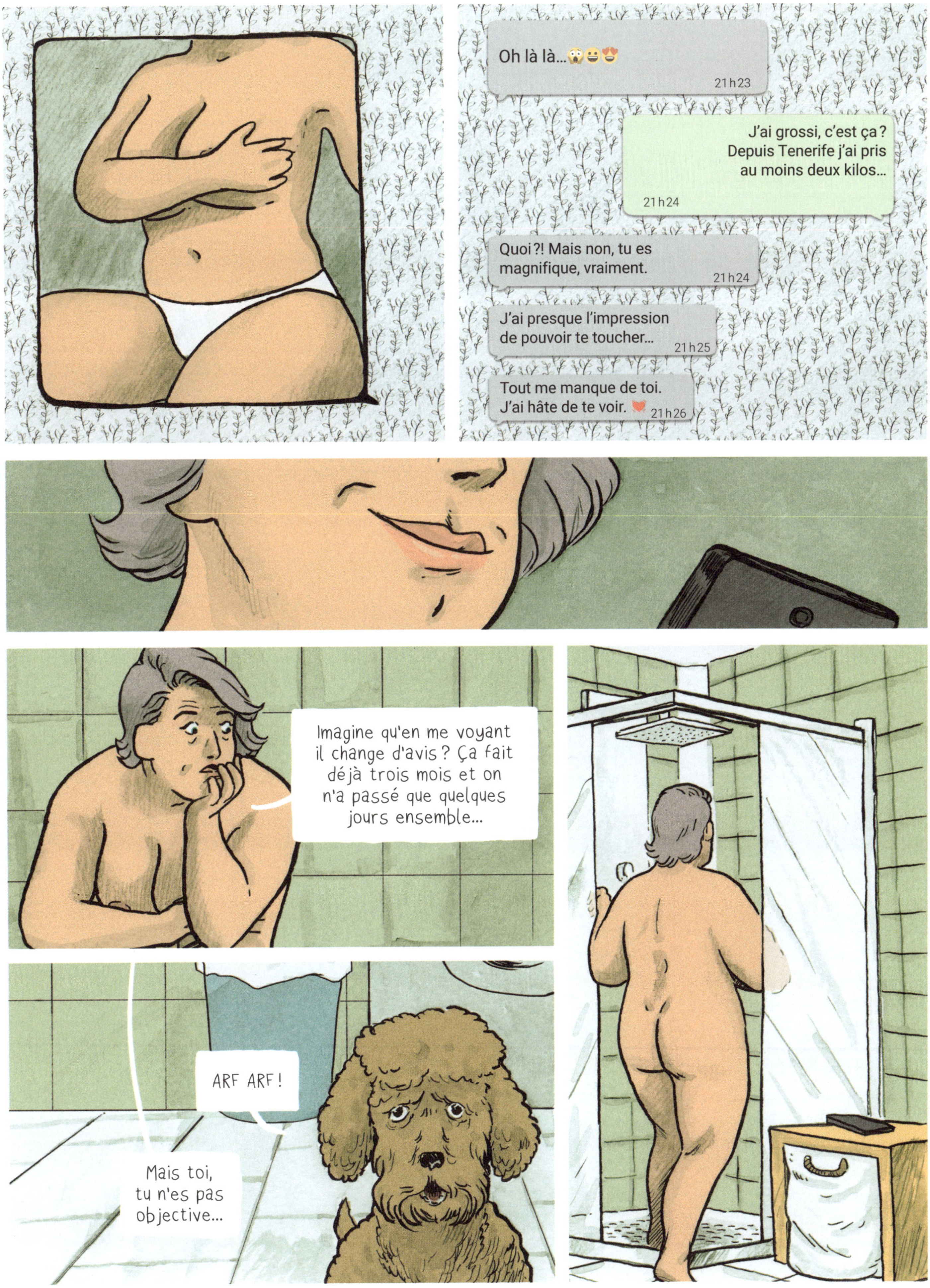
Oh là là...
21h23
J'ai grossi, c'est ça ?
Depuis Tenerife j'ai pris
au moins deux kilos...
21h24
Quoi ?! Mais non, tu es
magnifique, vraiment.
21h24
J'ai presque l'impression
de pouvoir te toucher...
21h25
Tout me manque de toi.
J'ai hâte de te voir.
21h26
Imagine qu'en me voyant il change d'avis ? Ça fait déjà trois mois et on n'a passé que quelques jours ensemble...
ARF ARF !
Mais toi, tu n'es pas objective...

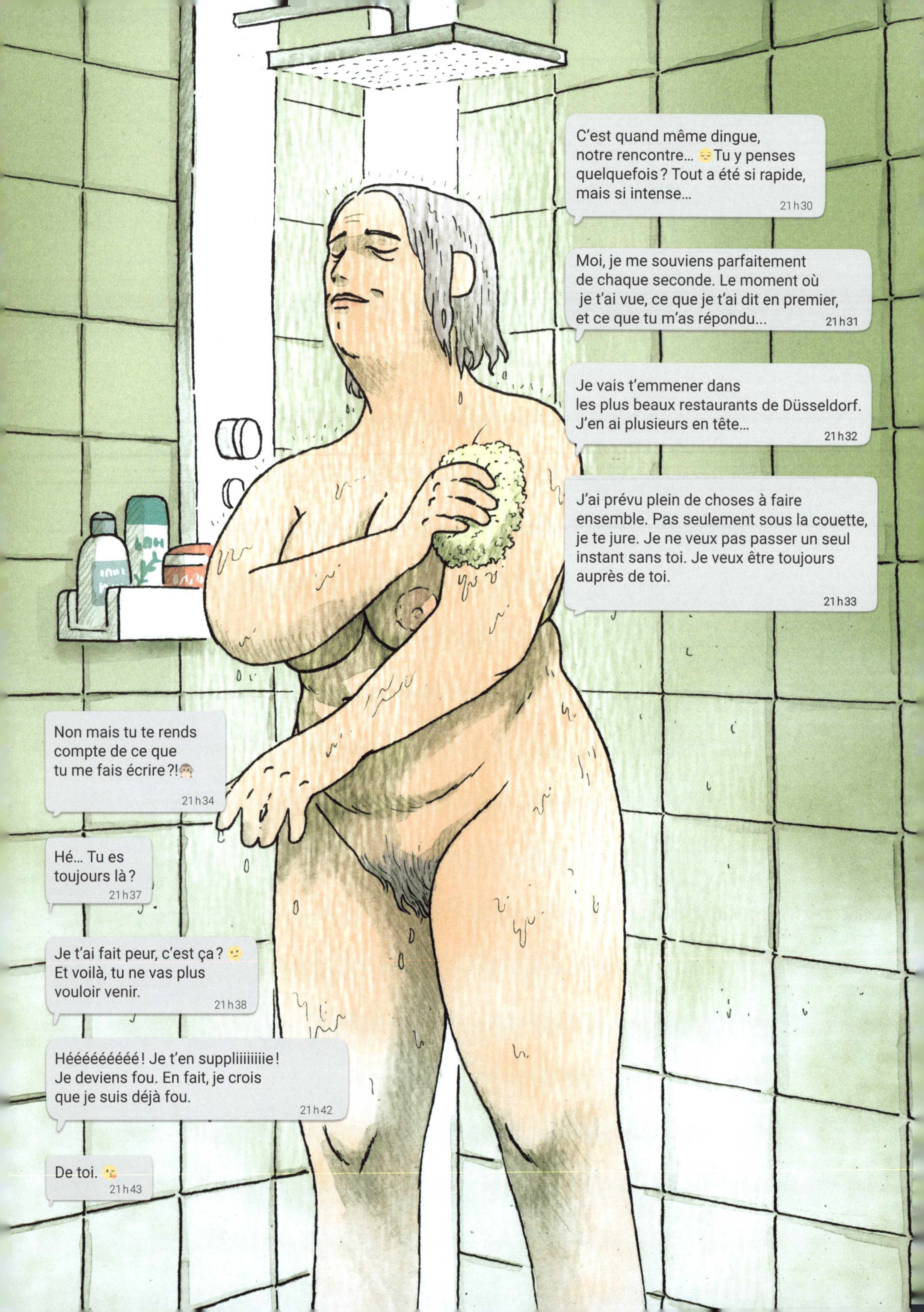
C'est quand même dingue, notre rencontre… Tu y penses quelquefois ? Tout a été si rapide, mais si intense… 21 h 30
Moi, je me souviens parfaitement de chaque seconde. Le moment où je t'ai vue, ce que je t'ai dit en premier, et ce que tu m'as répondu… 21 h 31
Je vais t'emmener dans les plus beaux restaurants de Düsseldorf. J'en ai plusieurs en tête… 21 h 32
J'ai prévu plein de choses à faire ensemble. Pas seulement sous la couette, je te jure. Je ne veux pas passer un seul instant sans toi. Je veux être toujours auprès de toi. 21 h 33
Non mais tu te rends compte de ce que tu me fais écrire ?! 21 h 34
Hé… Tu es toujours là ? 21 h 37
Je t'ai fait peur, c'est ça ? Et voilà, tu ne vas plus vouloir venir. 21 h 38
Héééééééé ! Je t'en suppliiiiiiie ! Je deviens fou. En fait, je crois que je suis déjà fou. 21 h 42
De toi. 21 h 43

Ah ah ah...
Qu'il est bête !
Et si cette fois
c'était le bon ?

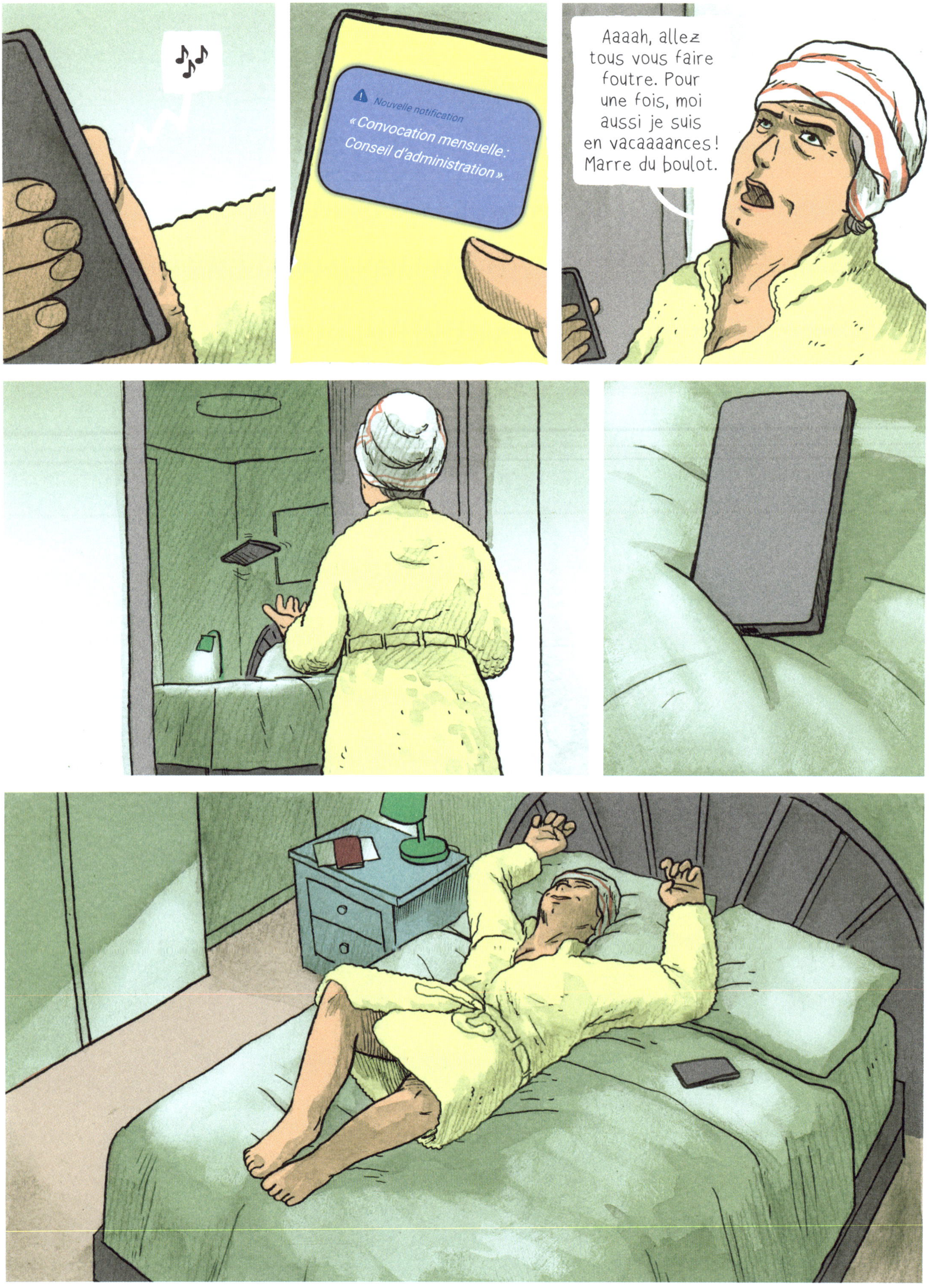
Nouvelle notification
« Convocation mensuelle : Conseil d'administration ».
Aaaah, allez tous vous faire foutre. Pour une fois, moi aussi je suis en vacaaaances ! Marre du boulot.

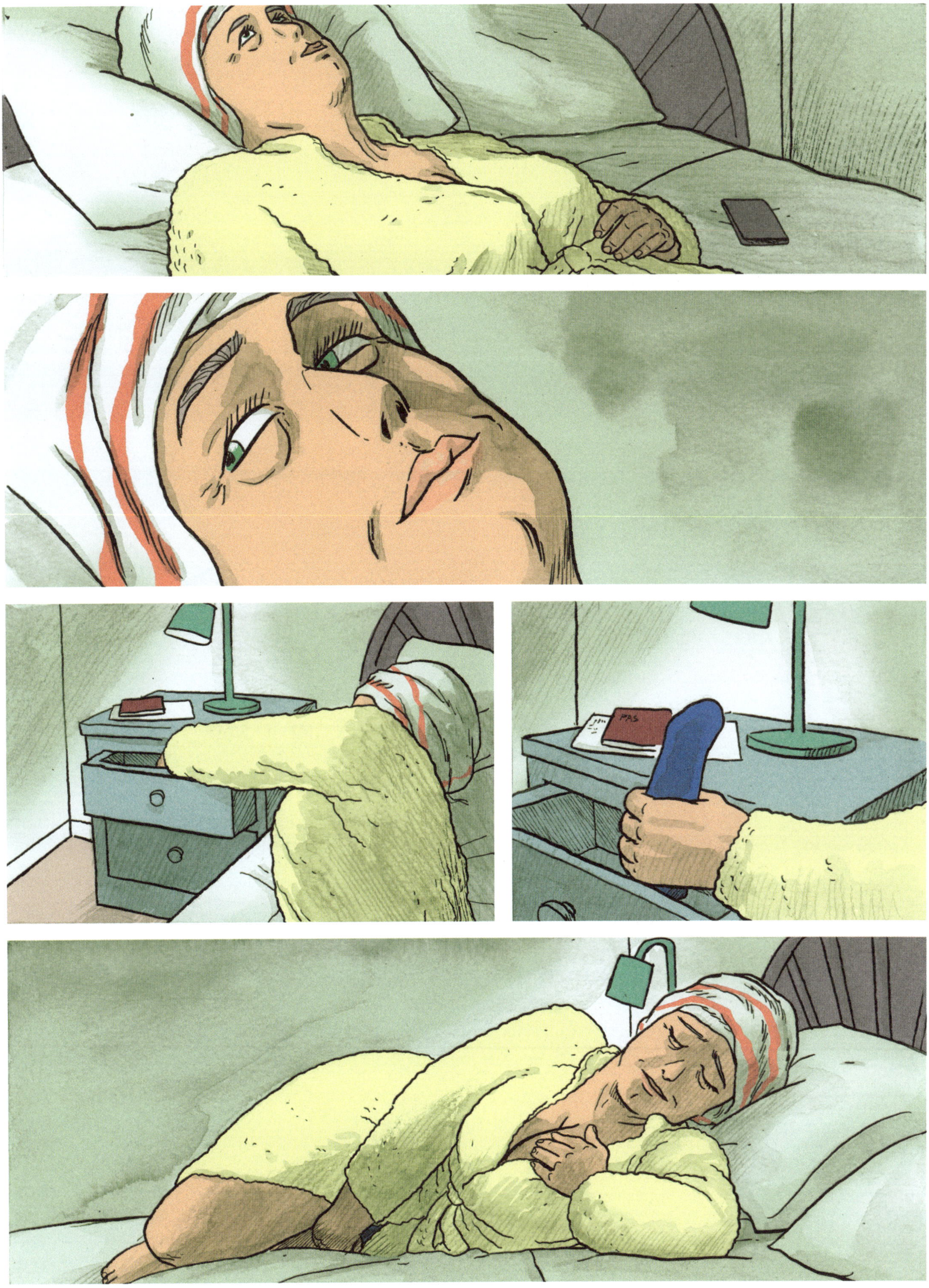
PAS

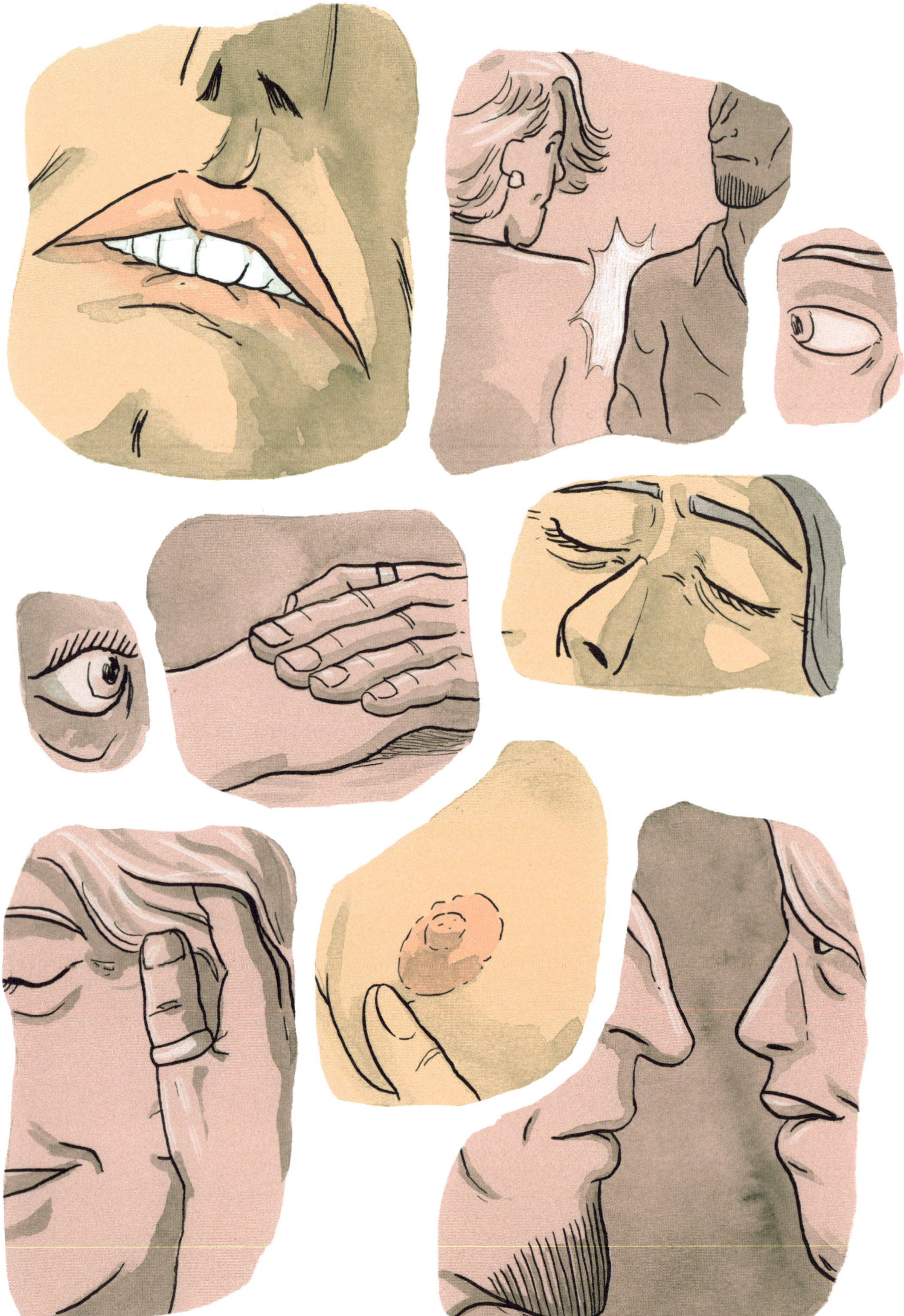

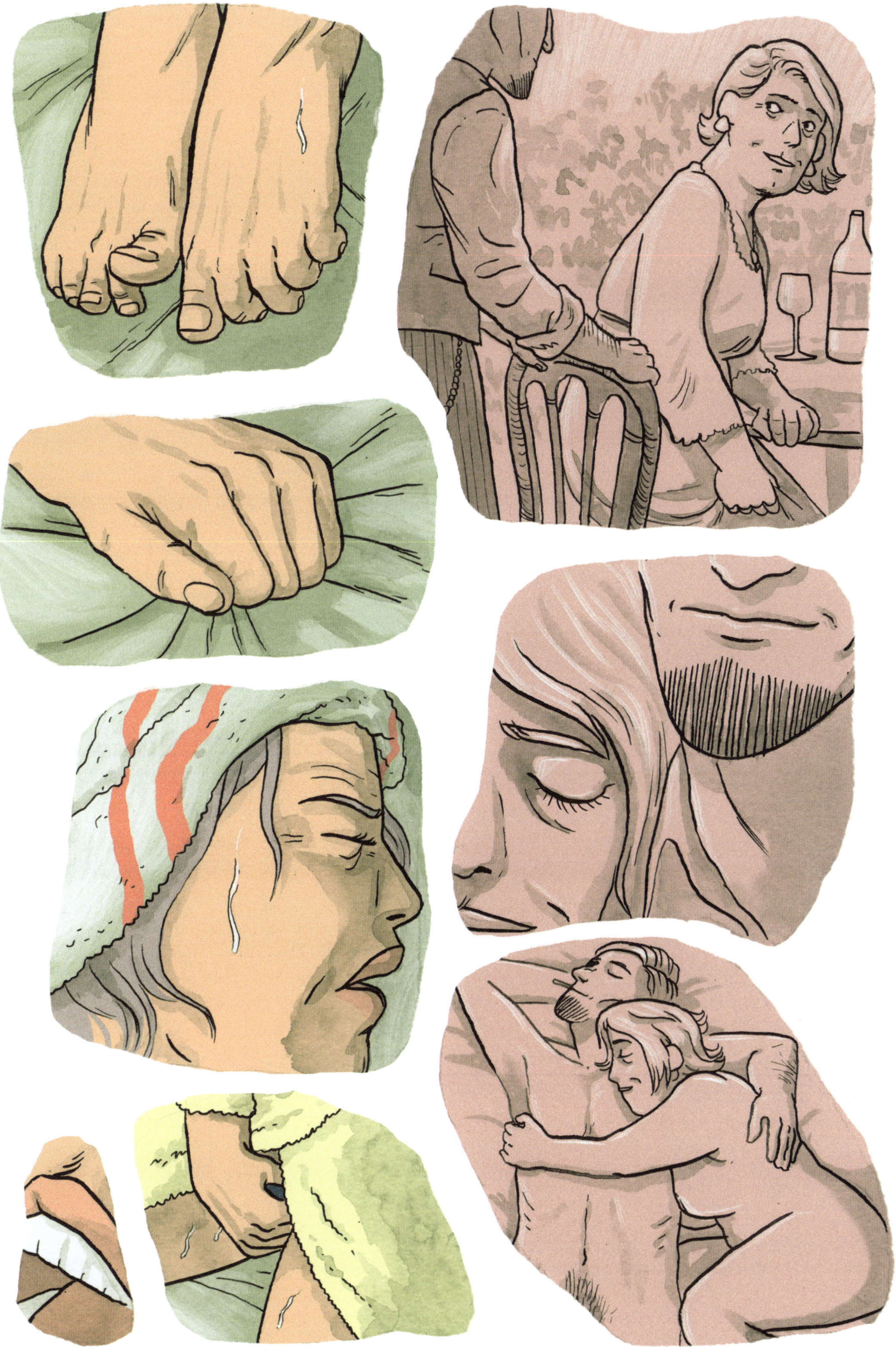

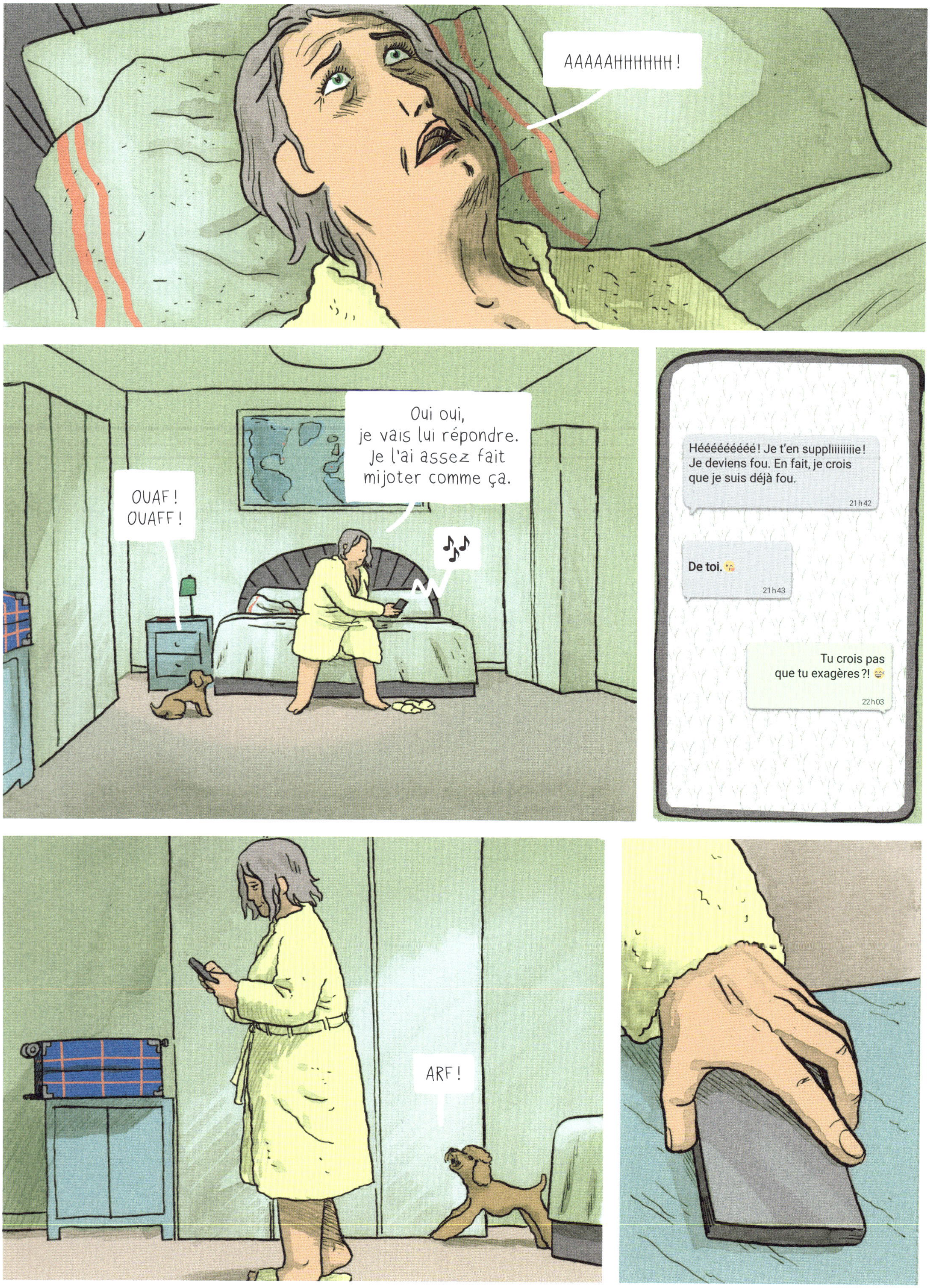
AAAAAHHHHHH !
OUAF ! OUAFF !
Oui oui, je vais lui répondre. Je l'ai assez fait mijoter comme ça.
Hééééééééé ! Je t'en suppliiiiiiie ! Je deviens fou. En fait, je crois que je suis déjà fou.
21h42
De toi.
21h43
Tu crois pas que tu exagères ?!
22h03
ARF !

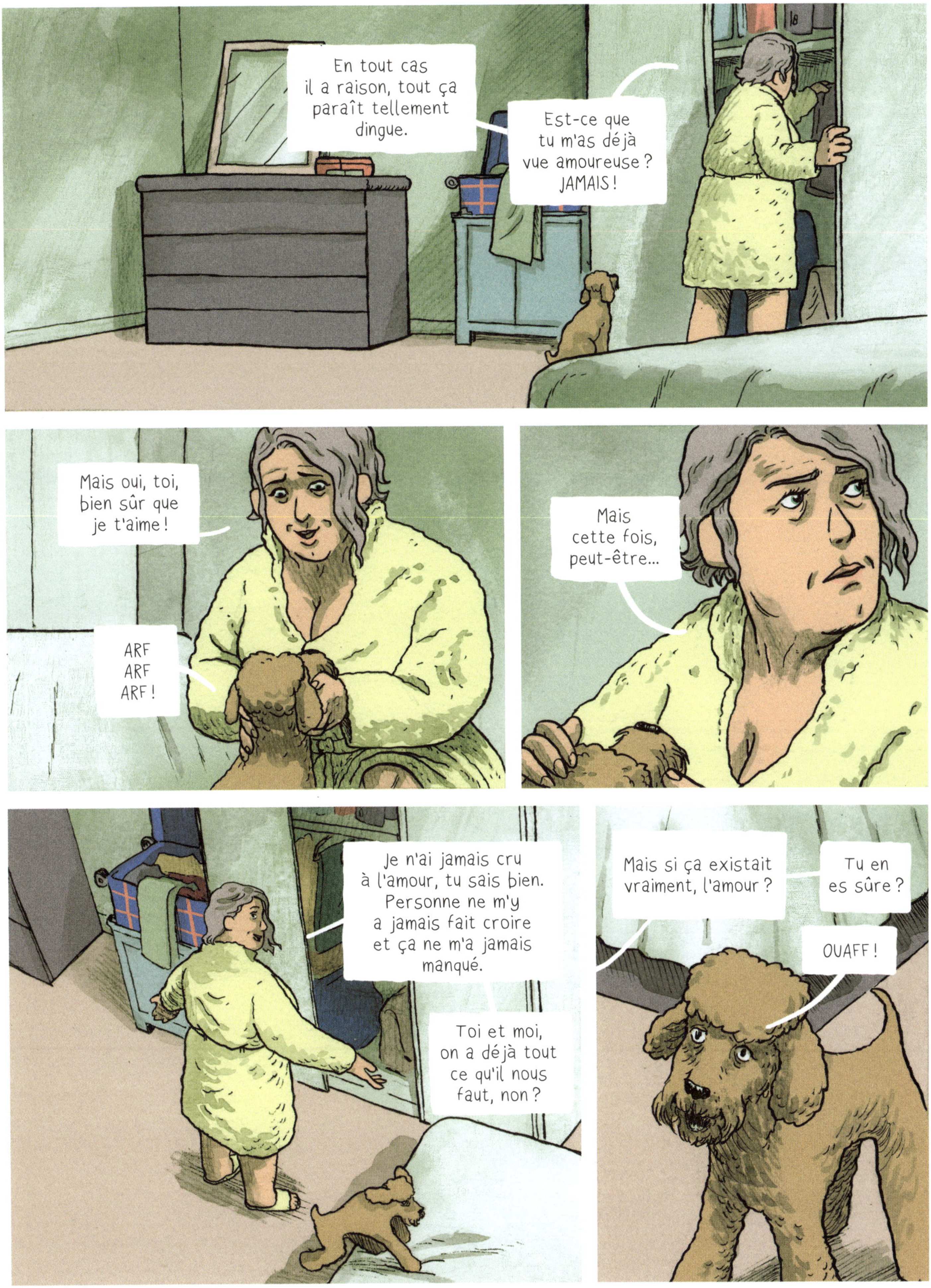
En tout cas il a raison, tout ça paraît tellement dingue.
Est-ce que tu m'as déjà vue amoureuse ? JAMAIS !
Mais oui, toi, bien sûr que je t'aime !
ARF ARF ARF !
Mais cette fois, peut-être...
Je n'ai jamais cru à l'amour, tu sais bien. Personne ne m'y a jamais fait croire et ça ne m'a jamais manqué.
Toi et moi, on a déjà tout ce qu'il nous faut, non ?
Mais si ça existait vraiment, l'amour ?
Tu en es sûre ?
OUAFF !

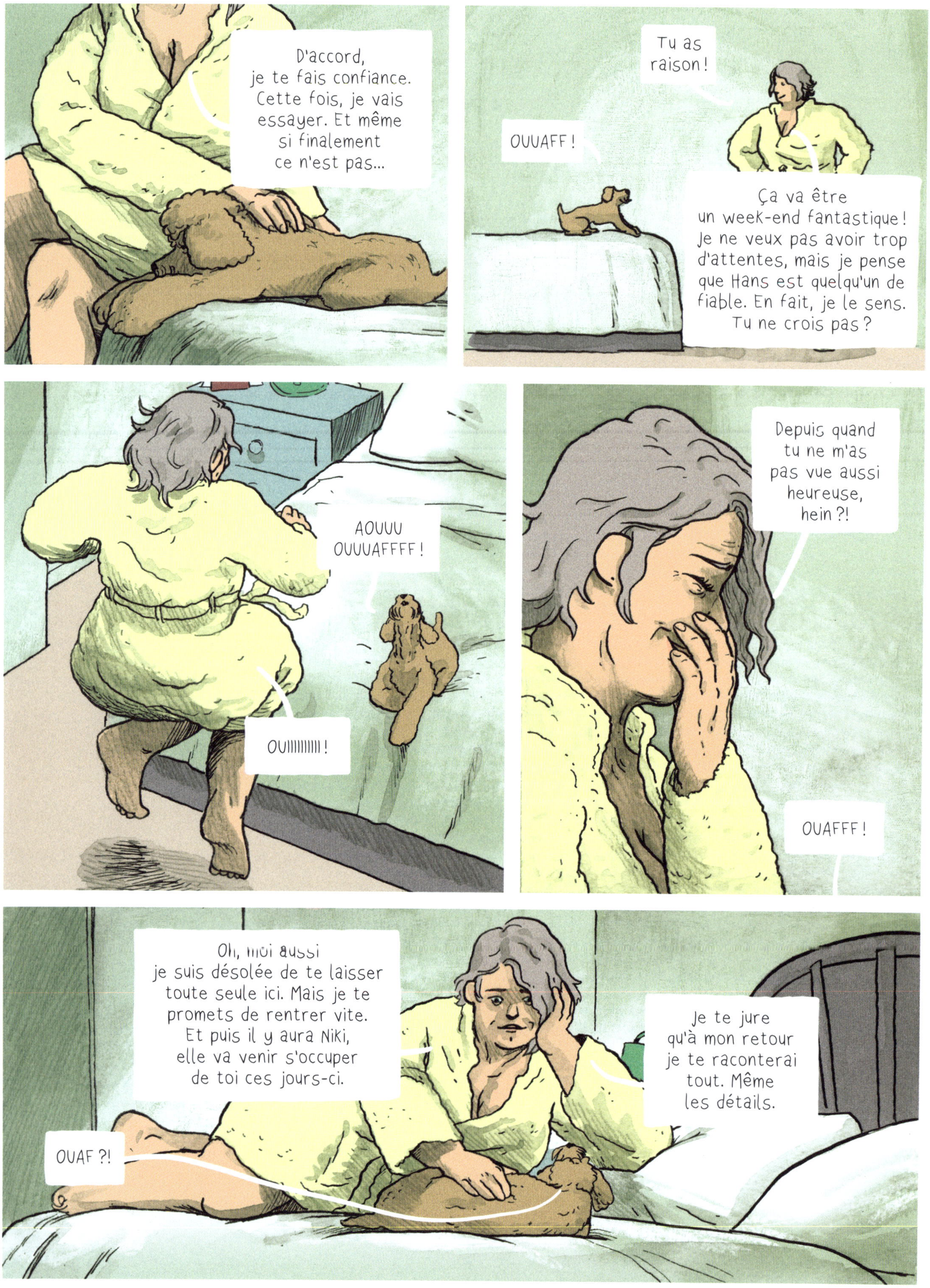

D'accord, je te fais confiance. Cette fois, je vais essayer. Et même si finalement ce n'est pas...
Tu as raison !
OUUAFF !
Ça va être un week-end fantastique ! Je ne veux pas avoir trop d'attentes, mais je pense que Hans est quelqu'un de fiable. En fait, je le sens. Tu ne crois pas ?
AOUUU OUUUAFFFF !
OUIIIIIIIII !
Depuis quand tu ne m'as pas vue aussi heureuse, hein ?!
OUAFFF !
Oh, moi aussi je suis désolée de te laisser toute seule ici. Mais je te promets de rentrer vite. Et puis il y aura Niki, elle va venir s'occuper de toi ces jours-ci.
Je te jure qu'à mon retour je te raconterai tout. Même les détails.
OUAF ?!

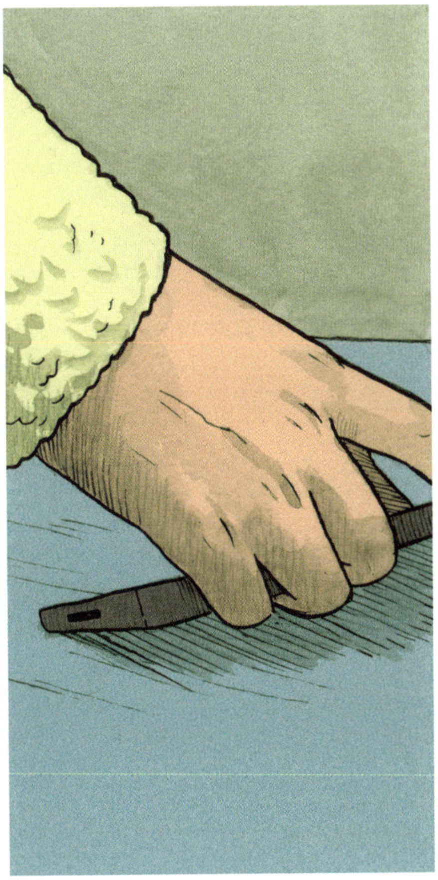

Où tu étais passée ?!
22h27
J'ai pris une douche et… j'ai fait ma valise.
22h29
Donc tu n'as pas changé d'avis ?
22h31
Pas encore
22h31
Au fait, ce n'est pas vrai.
22h31
De quoi tu parles ?
22h32
Tout à l'heure, je n'exagérais pas. Je n'ai même jamais été aussi sûr de moi. Je te veux ici. Je suis tellement heureux de t'avoir trouvée…
22h32
Moi aussi…
22h33
Ouh là là, doucement avec les déclarations ! Si tu continues, je risque de ne pas passer la nuit…
22h33
Tu exagères encore ! Je ne dirai plus rien.
22h34
Nooooon !
22h34
AH AH AH ! Je vais finir de préparer ma valise. À demain.
22h35
À demain, douce Leya.
22h35

MARK ?!

Miguel ? Désolé, je ne t'avais pas vu. Qu'est-ce que tu fais ici ?
On a fait un after. Mais toi, qu'est-ce que tu fais encore là ? Tu ne devais pas prendre l'avion tôt ce matin ?
C'est la grève, il n'y a plus de métro.
Quand je suis arrivé devant la station, tout était complètement fermé, barricadé.
C'est dingue. J'étais pas au courant.

Mais pourquoi tu as fait demi-tour ? Tu pouvais pas prendre un taxi pour aller à l'aéroport ?
Y en avait plus un seul dispo...
À mon avis, c'est un signe. Tu vois bien, le destin essaie de me faire comprendre par tous les moyens que je ne dois pas aller voir mon père.
Tu cherches encore des excuses après notre conversation d'hier ?
Mais non, c'est juste que...

Hé, mais tu fais quoi, là ?! Tu m'as fait...
Tu sais où il est pour moi le signe du destin ? Un signe encore plus fort que la grève des transports ou le fait qu'on ne trouve plus de taxis ?
C'est que tu sois tombé sur moi, là, maintenant, et que j'aie un scooter.
Alors ? Tu viens oui ou non ? Cette fois, t'as plus d'excuses.

TAXI

AAH AH AH !
Oh, désolée, ma chérie, maman doit répondre au téléphone...
Bonjour, Maître.
Comment ça va ? Vous êtes en route pour l'aéroport ?
Ça va plutôt bien, merci. Et vous ? Oui, on est dans un taxi. Luz a hâte de prendre l'avion... ce sera la première fois.
Parfait. Dites-lui bonjour de ma part. Vous avez noté l'adresse du cabinet ? Il est situé près du centre de Düsseldorf. J'arriverai juste après le déjeuner.

Oui, j'ai tout dans ma poch...
La pochette ?!
NON ! NON ! NON ! NON !
Juana, qu'est-ce qui se passe ? Il y a quelque chose qui ne...
Maman, maman...
Pas maintenant, Luz, pas maintenant...
Maman, moi je l'ai vue !
QUOI ?! Où ça, ma chérie ?! Elle est où ?
Elle était sur la table de la cuisine.
Eh merde, c'est pas vrai !
Maman, on dit pas de gros mots !
Juana, sans ces documents, on ne peut rien faire. C'est vous qui avez les originaux, mes copies ne suffisent pas. Vous avez un moyen de les récupérer ?

Je vous rappelle plus tard.
Quelle heure il est ?!
Écoutez, on doit tout de suite faire demi-tour. Il faut combien de temps ? J'ai oublié des choses très importantes chez moi...
Mais mon avion part bientôt !
On est arrivés à l'aéroport, madame. Si on rebrousse chemin, il nous faudra au moins...
Je vous en supplie. Roulez le plus vite possible. Je vous paierai pour ça. Il faut qu'on y arrive.
D'accord, c'est vous qui décidez. Mais si vous ratez l'avion, moi je ne suis pas responsable, hein.
Maman, on ne prend pas l'avion finalement ? On ne va plus voir papa ?
Si, ma chérie. On va bien prendre l'avion. Je te le promets.

DEPARTURES
SORTIDES
BUS
TAXI
LONA
TAXI
TAX

Gardez la monnaie.
Je vous remercie.

HANS
1 nouveau message
Aujourd'hui, c'est le grand jour!
Tu es déjà à l'aéroport?
7h20
Je viens d'arriver. J'attends qu'ils affichent ma porte d'embarquement. J'espère que l'avion n'a pas de retard...
7h32
Si dans moins de quatre heures tu n'es pas ici, je viens te chercher en jet privé.
7h34
Je me souviendrai de ta proposition pour la prochaine fois...
7h34
Tu penses déjà à la prochaine fois?
7h34
En fait, je dois encore me décider pour aujourd'hui...
7h35
TIME DEPARTING AIRCRAFT FLIGHT STAT GATE TERM.
8.30 MIAMI AIRITA AO67534 OT T3 E6
8.45 OPORTO TAP BT73635 DEL T1 A12
9.30 ROME VUELING AE29484 DEL T1 A15
9.45 DÜSSELDORF DEUTSCHEWINGS AO892323 OT T1 B18
10.00 MADRID RYANAIR LP16392 CAN T1 A2
10.15 SINGAPORE EO83737 ON T2 E4

9.45 | DÜSSELDORF | DEUTSCHEWINGS | AO892323

DÜSSELDORF
Ah ah ah. Tu sais que tu es hilarante ? Dès que tu arrives, je…
7h39
Tu quoi ?
7h42
Si tu savais…
7h42
En tout cas c'est bon, je suis devant ma porte d'embarquement. Cette fois ça y est… j'arrive !
7h42
Et vive l'embarquement prioritaire.

Pfff...

Qu'est-ce qu'il y a ?
À chaque fois c'est la même chose... Je comprends pas pourquoi ils nous font poireauter autant..
D6
DÜSSELDORF
Non mais c'est vrai, on passe plus de temps à l'aéroport que dans l'avion. Regarde-les, ils pourraient pas accélérer ?!
Je sais, c'est lourd.
Ah, j'ai trouvé un petit restau qui a l'air super bon, et aussi très romantique... Il faut absolument qu'on y aille. Tu veux que je te montre ?
OK.

Ouh là là, regarde-moi ces méga saucisses ! J'ai trop envie de me faire une choucroute garnie !
Oui oui, ça doit être très bon.
Et ce jarret ! Il est pas magnifique ?!
Il y a aussi un autre...
LARA
Je viens de passer devant chez toi... Tu fais quoi ce soir ?

Hé, pourquoi tu t'es dépêché de cacher la notification ?!
Qu-quelle notification ?
Tu crois pas qu'on nous a appe...
Roberto, tu as reçu un message, je l'ai vu. Arrête de faire comme si de rien n'était ou je vais m'énerver pour de bon. C'est qui, Lara ?
Aahhh oui, mais non, c'est pas Lara, c'est Loco, un copain de la fac qui...
Roberto, arrête de te foutre de moi. Je sais lire. Celle qui t'a écrit, tu l'as rentrée dans tes contacts sous le nom de LARA, pas LOCO ou un autre nom débile.
Mais je t'ai dit que c'est pas...
C'EST QUI LARA, BORDEL ?!

Ça va pas ?! Pourquoi tu hurles ? Tout le monde s'est retourné.
Lara, c'est une... une amie. Peut-être même que je t'en avais parlé, et...
Vous avez baisé ?
Mais non ! T'es folle ou quoi ?!
Qu'est-ce qui te prend ? Non, j'ai pas...
Roberto... tu m'as trompée avec cette fille.
Ana, arrête, c'est pas...
Oui.

AH ! Non, mais j'y crois pas. C'est pas possible.
Mais je te jure que je m'en fous complètement de cette fille. C'est arrivé une seule fois, j'étais bourré. Je sais pas pourquoi elle m'écrit tout à coup.
Moi je lui avais jamais écrit. Je te le jure. C'était une erreur, et tu sais pas à quel point je m'en v...
Si je n'avais pas vu le message, tu ne me l'aurais jamais dit, hein ?
Mais si, j'essayais de trouver un moyen de te le dire, mais je ne voulais pas gâcher le voyage...
Le voyage, tu peux te le mettre où je pense.
Les passagers du vol pour Düsseldorf sont appelés en zone d'embarquement.
Et puis, tu sais quoi ? En fait, c'est mieux comme ça. De toute façon, j'avais déjà décidé de te quitter en rentrant de ce voyage de merde. Si j'avais refusé de partir, tu aurais dit que tout était ma faute, que je n'y avais pas mis du mien... Tu te rends compte, je me sentais presque coupable... et toi... toi...
Tu me dégoûtes.
Ana, attends, où tu vas ? S'il te plaît, il faut qu'on parle. Je sais, je suis une merde, tu as raison, mais...

Ana, attends ! On va rater l'avion ! Ana !
T'as qu'à partir tout seul !
LÂCHE-MOI ! Lâche-moi immédiatement !
OK, excuse-moi, je ne voulais pas... Mais je t'en supplie, ne t'en va pas.
On peut essayer de tout reprendre à zéro, là où notre histoire a commencé. Je saurai me faire pardonner, je te le jure. Je regrette, j'ai tellement honte. Je n'aurais jamais dû faire ça, je...
Je n'ai jamais été aussi sûr de l'amour que je ressens pour toi. Je veux être avec toi, Ana, je ne veux pas te perdre.
Cette... erreur que j'ai faite m'a permis de comprendre que tu es la seule femme que je veux.
Je t'en supplie.

Allons-y. Partons tous les deux. Par pitié, ne me laisse pas partir sans toi. Et si vraiment je ne réussis pas à me faire pardonner pendant ce voyage...
Alors tu pourras me quitter, tu en auras parfaitement le droit, et moi je me ferai une raison, je te le jure.
Relève-toi immédiatement. Tout le monde nous regarde.
Ça m'est égal. Je me relèverai seulement si tu pars avec moi.

Bonjour, commandant...
Bienvenue à bord. Je faisais les dernières vérifications...
Parfait, merci. Je viens vous donner un coup de main.
Vous avez pris votre petit déjeuner ? Je vous ai apporté un café.
Merci, un café ne se refuse jamais.
Surtout si c'est pas un de ceux qu'on sert en cabine, hé hé.

Ouff...
C'est trop...
Oh,
merci.

Oups, pardon...

... ici votre copilote. Je viens de prendre le contrôle de l'appareil et...
HOT COFF

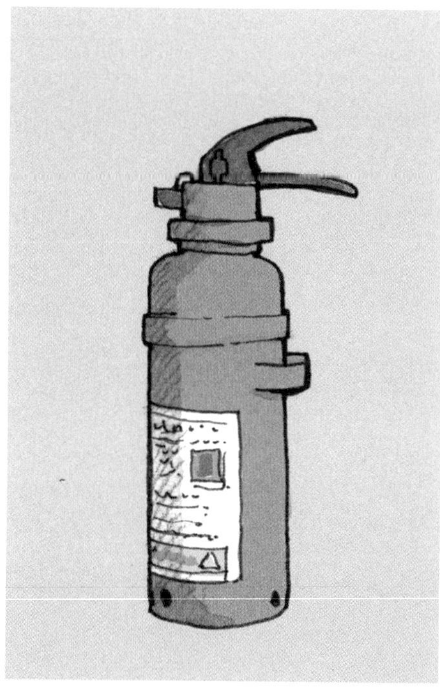

Ouuuuvre ! Je t'en supplie, ouvre...
WC
Si... si on essayait avec un truc plus grand et plus lou... lourd, je sais pas, peut-être que...

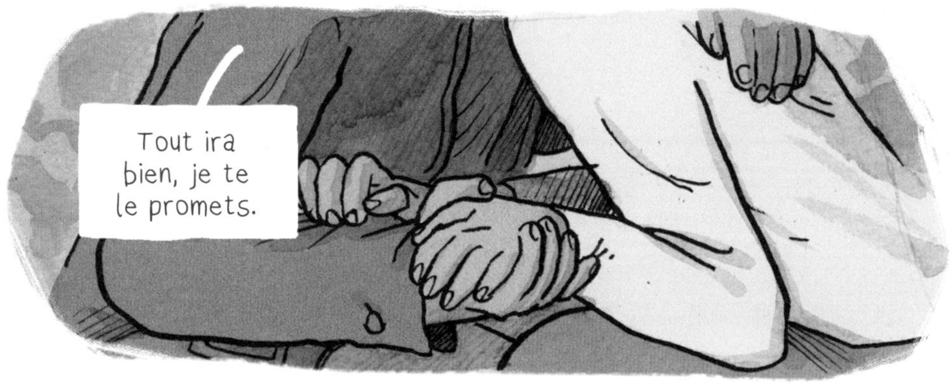
Tout ira bien, je te le promets.

NO SIGNAL

BLEAaRggh!
Elle ne s'ouvrira jamais. Depuis le 11 septembre, les portes du cockpit ne peuvent plus s'ouvrir de l'extérieur... S'il s'est enfermé à l'intérieur...
Je vous prie de garder votre calme. Nous nous efforçons de résoudre le problème...
Je ne veux pas mourir comme ça, je ne veux pas mourir comme ça, je ne...

Mais, qu'est-ce... PAPA !?
Je ne pouvais quand même pas te laisser seul.
Bon sang, papa... Tu ne sais pas à quel point... Il n'y a pas de réseau, j'ai essayé de t'écrire, mais... j'avais tellement peur de ne pas réussir à tout te dire...
Hé, doucement ! Tu m'étrangles, là.
Je ne vais pas disparaître. Maintenant, je suis là.
Mais c'est moi qui aurais dû être là pour toi... Je suis tellement désolé, je...
J'ai été nul. Je n'aurais pas dû partir et te rendre responsable de tout...
Mark, tu avais toutes les raisons du monde de m'en vouloir. Tu me pardonnes ?

Mais bien sûr, papa ! En fait, c'est toi qui dois me pardonner.
Je ne t'en ai jamais voulu, mon grand.
Je suis... heureux que tu sois ici, avec moi. Mais j'ai un peu peur...
Oh, tu ne dois pas.
On... on va où ?
J'ai une surprise pour toi.
Pardon, excusez-moi...

Cette place est-elle libre ?

HANS ?! Mais alors, c'est un vice !
Comment ça ?
Tu ne peux pas t'empêcher d'importuner les femmes, on dirait. Toujours à leur demander si la place d'à côté est libre !
En fait, je n'ai jamais eu d'autre objectif que de trouver la bonne place, pas seulement la place libre.
Et dernièrement, à Minorque, je crois bien avoir réussi.
Ah oui ?
On se demande qui est l'heureuse élue...

Je crois que tu la connais très bien.
Qu'est-ce qu'il y a, mon chéri ?
Si on ne s'était pas rencontrés, tu ne serais pas...
Ne dis pas de bêtises.
Je recommencerais mille fois si je pouvais.

Alors, tu m'emmènes dîner où ce soir ?
Oh, tu verras. Tu vas adorer.
Ça, je n'en doute pas un instant.
Je t'aime de tout mon êt...
Je ne te l'avais jamais dit, mais maintenant qu'on...
Je suis désolé, je n'aur...
Ah ah ah, je viens de me souvenir de cette fois-là, à la plage...
Pardonne-moi.
Dieu Tout-Puissant qui es...
Je vous en supplie, je vous en supplie, je vous en supplie.
Maman, si jamais tu écoutes ce message...
Non, ça peut pas être vrai...
Est-ce que tu aurais pu imaginer que ça pouv...

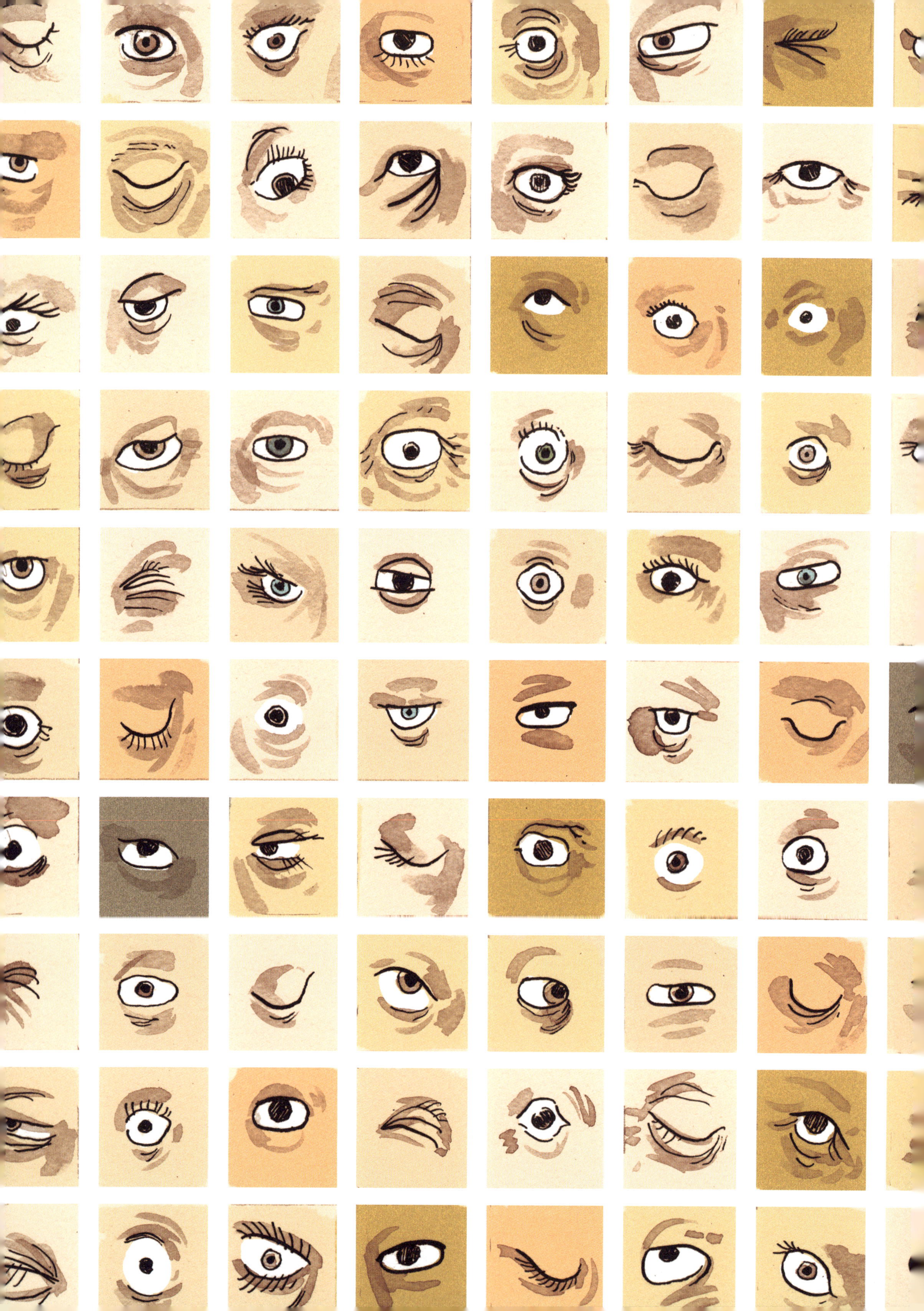

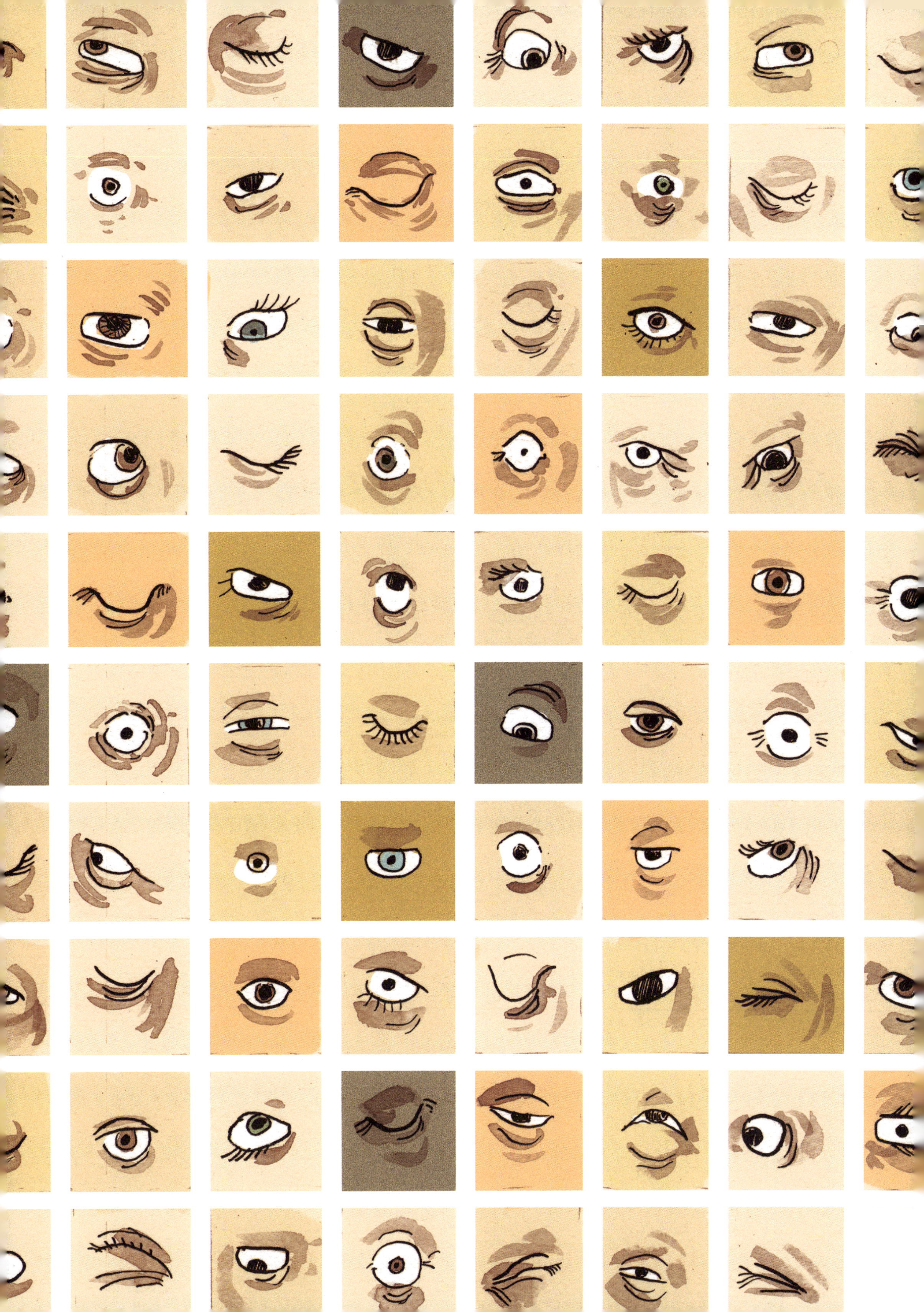

Anamour
1 nouveau message
News
Tragédie aérienne.
Crash dans les Alpes d'un avion à destination de Düsseldorf
Oh putain... Mais qu'est-ce qui...

Tu as vu ?! Ça… ça n'a pas de sens.
Mais tu es sûre que c'est le nôtre ? Celui qu'on devait…
J'essaie de trouver des infos en ligne, mais il n'y a pas grand-chose. On dirait bien que c'est le nôtre. Oh là là, il y a des centaines de victimes.
Putain… Mais qu'est-ce qui s'est passé ?
On ne sait pas. Sur certains sites, on parle d'une erreur humaine… J'imagine qu'il faut attendre.
On se croirait dans *Destination finale*.
Ou dans *Donnie Darko*.
Tous ces morts… Mais tu te rends compte ?! On est des survivants. Si on avait pris cet avion tout à l'heure, on…
C'est un signe !

Comment ça ?
On nous a donné une deuxième chance. À nous, et à notre histoire. Comme si tout ça avait eu lieu pour...
Attends, tu es en train de me dire que tu as bien fait de me tromper ? J'hallucine.
Ben, avec le recul...
... Oui, c'est vrai. Si tu ne m'avais pas trompée... en un sens je dois te remercier pour ton infidélité.
Au moins, on n'est pas morts ensemble en faisant semblant de s'aimer, moi sûre de ton amour et toi du mien, main dans la main, terrorisés et sans savoir la vérité, ni toi, ni moi.
Mais qu'est-ce que tu...

Je me suis toujours demandé comment tu fais pour savoir si la personne qui est à tes côtés est celle avec laquelle tu pourrais passer le restant de tes jours.
Maintenant, je sais. Tu es avec la bonne personne si tu crois que vous pourriez vivre vos derniers instants ensemble, partager votre dernier souffle.
Je suis sûre que je n'aurais jamais voulu vivre mes derniers instants avec toi.
Ana, ma chérie, mais qu'est-ce que tu racontes ? Tu es bouleversée, là... On avait dit qu'on en reparlerait tranquillement...
Ana, tu es là ? ANA ?! Elle a raccroché ?
Aaaaaah, va te faire foutre !

ESPAÑA
PASAPORTE
PASAPORTE
AIRLINES

Réveille-toi, maman, réveille-toiii !!!
Ah, maman, enfin !
Ouh là là, mais combien de temps j'ai dormi ?!
Super longtemps ! En fait, c'est toi la marmotte !
Le monsieur a dit qu'on était presque arrivés.
J'espère qu'elle ne vous a pas dérangé pendant que je dormais. J'avais un peu de sommeil à rattraper.
Pas du tout, un vrai petit ange ! Vous avez bien fait.
Le monsieur, il raconte n'importe quoi.
Pourquoi ? Tu n'as pas été sage ?

Si, mais je lui ai dit qu'on allait voir papa en Allemagne, et lui, il a dit que c'était pas possible.
Eh bien, ma puce... Le monsieur n'a pas tout à fait dit n'importe quoi.
Comment ça, maman ? On ne va pas chez papa ? Mais moi je voulais le voir...
Si, on devait y aller, mais... je voulais te faire une surprise. Nous allons dans un autre endroit qui te plaira encore plus. Un endroit très lointain...
... et c'est une autre personne qui viendra nous chercher, quelqu'un que tu n'as pas vu depuis très longtemps.
Mamie ?!

... garder votre ceinture attachée pendant toute la phase d'atterrissage et jusqu'à l'immobilisation...

Le 24 mars 2015, le vol 9525 de Germanwings, opéré par l'Airbus A320-211, décolle de Barcelone à 9 h 01, avec 144 passagers et 6 membres d'équipage à son bord, pour rejoindre l'aéroport de Düsseldorf. Trente minutes plus tard, il s'écrase dans les Alpes françaises, sur les montagnes impénétrables de Prads-Haute-Bléone, à environ 1 500 mètres d'altitude, sans avoir envoyé aucune demande d'aide et sans avoir répondu aux nombreuses tentatives de sauvetage des contrôleurs de vol.

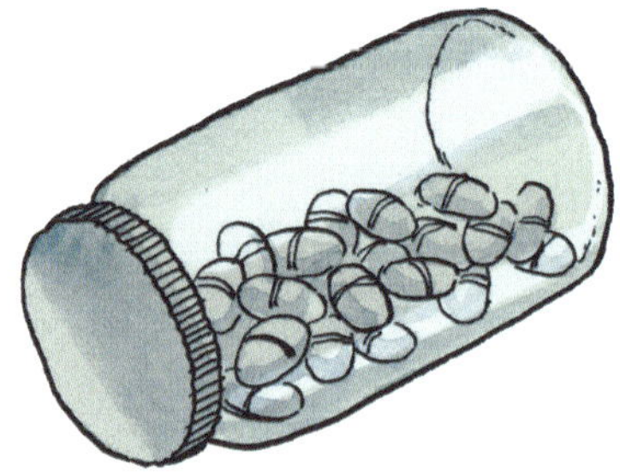

Seule la récupération de la boîte noire a permis aux enquêteurs d'éclaircir – au moins en partie – les causes du sinistre. Le copilote, Andreas Lubitz, âgé de 27 ans et totalisant plus de 900 heures de vol, avait profité du fait que le pilote était temporairement sorti de la cabine pour s'enfermer, isolé du reste de l'équipage et des passagers. Après l'attentat du 11 septembre 2001, en effet, les avions étaient équipés d'une porte de cabine blindée, impossible à franchir de l'extérieur. C'est à ce moment qu'il avait enclenché les commandes pour faire s'écraser l'avion.

En 2009, une profonde dépression avait été diagnostiquée chez Andreas Lubitz, ce qui l'a contraint à suspendre sa formation de pilote pendant 11 mois. Cependant, il est revenu plus tard pour passer les tests psychologiques et médicaux avec brio et a repris le vol.
Suite à la tragédie, les enquêteurs ont retrouvé à son domicile un certificat médical récent attestant de son « incapacité à voler », dont la compagnie aérienne ignorait l'existence.

La mort, dans cette histoire, est à peine suggérée, tout comme les raisons qui ont poussé le copilote à condamner tout le monde.
Cela ne nous intéresse pas ici.
Ce qui compte cependant, c'est de nous rappeler que dans cet avion, il y avait des gens faits de passions, de doutes, d'indécisions, de désirs et de rêves. Et qu'au final, malgré tout, c'est de cela qu'il faut se rappeler.

Lorenzo Coltellacci

Lorenzo Coltellacci est né à Rome en 1992. Il est diplômé en langues étrangères, spécialisé dans la coopération internationale, et travaille au parlement italien. Il publie ses premiers romans graphiques chez Tunué en Italie – *Un singolo passo* (2020) et *Escher. Mondi Impossibili* (2022), traduits en Espagne et en Allemagne –, puis en France, *Comme si c'était arrivé* (2022) chez Sarbacane, et *Le dernier vol* (2024) chez Steinkis.

Après des études en graphisme publicitaire et en bande dessinée à Milan, Davide Aurilia travaille en tant que storyboarder dans la publicité. En 2015, il fonde le collectif d'illustrateurs Radice. En plus d'être coloriste et graphiste éditorial, il enseigne les techniques de peinture à l'école de bande dessinée de Milan et collabore avec le musée de la bande dessinée WOW de Milan. Devenu auteur de bande dessinée en Italie, *Le dernier vol* (Steinkis, 2024) est son premier roman graphique publié en France.

Si vous avez aimé *Le Dernier vol*

L'ours de Ceausescu,
Aurélien Ducoudray, Gaël Henry et Paul Bona

Sultana,
Lili Sohn, Élodie Lascar

Une vie en parallèle,
Matthias Lehmann

Merci à Lucia, pour tout l'amour et l'écoute de mes histoires. À Océane, Célina, Anne-Charlotte, Chloé, Marie et Davide pour la confiance et le magnifique travail. Et enfin, à maman et papa, Robby, l'Andreas, Pirro, Leo, Gab et Emma.

Lorenzo

Je remercierai toujours Meg qui m'a aidé à mettre en couleur certaines pages du livre et qui a toujours eu une vision critique mais constructive de mon travail, me donnant beaucoup de conseils et de force pour avancer.

Davide

Scénario : Lorenzo Coltellacci
Dessin et couleur : Davide Aurilia
Traduction de l'italien : Marie Giudicelli

Réalisation de la couverture : Anaëlle Golfier
Réalisation de l'intérieur : Au27 studio graphique
Correction : Nicolas Querci
La police utilisée est CommeSi, créée par Lorenzo Coltellacci.

ISBN 978-2-36846-696-4
Achevé d'imprimer par Rotografika (Serbie)
Dépôt légal : mars 2024

Steinkis
31, rue d'Amsterdam
75008 Paris
www.steinkis.com

« Les hommes construisent trop de murs et pas assez de ponts. »
Isaac Newton